Leurs derniers matins blêmes

Brèves de contes noirs

ISBN : 979-10-326-1367-2

Un matin, froid et humide, accompagne le cortège jusqu'aux portes du cimetière. Quand on parle de cortège, il se résume à une discrète poignée d'individus, ne ressemblant qu'à des ombres perçant la brume matinale, suivant le vieux Berliet VTB. Le corbillard arbore tristement une modeste gerbe de fleurs, preuve s'il en fallait encore, du peu de personnes qui appréciaient, de son vivant, l'homme que l'on enterrât.

Le lourd véhicule franchit la barre de seuil en acier, provoquant un roulis de la carrosserie. L'homme qui attend l'arrivée du cortège, confortablement installé sous son Borsalino noir, s'amuse du mouvement chahuté du corbillard. Il n'est pas là pour s'appesantir sur le sort du bougre couché entre les quatre planches, il est là à titre officiel, il est persuadé que le meurtrier du type que l'on enterre aujourd'hui, est là. L'inspecteur en est convaincu, il ne saurait dire pourquoi, mais son instinct le pousse à croire, que son assassin se trouve parmi les gens qui suivent le tacot. Debout, appuyé contre l'un des platanes qui longent l'allée principale du cimetière, le jeune inspecteur enfonce ses mains dans les poches profondes de son long imper beige. Il rentre sa tête dans les épaules, soudain pris de frissons, il regrette de ne pas avoir mis d'écharpe. Le véhicule passe à sa hauteur, le silence du moteur électrique l'étonne à chaque fois. Il se souvient d'un autre cortège qui, perdu dans une épaisse fumée noire, suivait un vieux corbillard pétaradant, qui menaçait de caler à chaque changement de direction. Quelle belle avancée technologique, se dit-il ! Le corbillard tourne et emprunte une allée plus petite, où quatre hommes vêtus d'un costume noir aux plis impeccables, attendent de pouvoir saisir le cercueil, pour le mettre en terre. Le cortège s'arrête, le petit groupe reste à bonne distance. Cérémonieusement, les croque-morts s'approchent du fourgon, ouvrent la lourde porte arrière, puis font glisser le cercueil. Ils saisissent les grosses poignées de laiton, puis jettent sur leurs épaules robustes la pesante boîte de bois brillant. L'inspecteur observe un à un chaque membre du cortège. À y regarder de plus près, pour un peu, il aurait plus tendance à faire confiance aux croque-morts qu'à cette brochette d'énergumènes. Ces années d'après-guerre sont terribles. Une chasse aux sorcières est lancée tous azimuts. Des dénonciations d'ex-collabos tombent chaque jour, sans le moindre scrupule. Ceux, par qui l'horreur frappait à votre porte il y a cinq ans à peine, étaient la cible de traitements ne leur laissant aucune chance d'en réchapper. Toutefois, beaucoup d'entre eux, sentant le vent changer de cap, avaient retourné leurs vestes, plus vite qu'il ne fallait pour le dire. Ils se sentaient une âme de patriote en se fondant dans la masse des anonymes. D'anciens collabos avaient été délogés au sein même des groupuscules les plus radicaux dans le domaine de cette chasse. L'inspecteur sait pourtant, que ces mêmes « chasseurs », étaient pour la plupart de véritables collaborateurs. À la sale époque, ils s'affichaient avec l'occupant, et montraient un zèle particulier dans l'art de la férocité et des initiatives morbides. Pourtant, la police du Troisième Reich n'avait pas vraiment besoin que quelqu'un leur montre le chemin de la cruauté. Ces hommes, d'apparence propres sur eux, étaient bien pires que l'envahisseur, dans leurs quartiers, ils étaient craints et détestés, mais ils étaient intouchables.

Ces types, qui aujourd'hui sont la cible d'un tueur, probablement un tueur en série, ont un passé qui, en apparence, semble irréprochable. Peut-être trop irréprochable justement, qui sont-ils réellement ? Malgré ses investigations poussées, l'inspecteur n'avait pas encore réussi à trouver de lien entre ces trois malheureux gars. Si dans cette série de crimes, au mode opératoire commun, il n'existait pas encore d'indice démontrant qu'ils se connaissaient, l'inspecteur était persuadé que ces affaires n'en faisaient qu'une seule. Rien à voir avec les règlements de compte, où, seuls les anciens collabos étaient visés. Leur élimination systématique, débutait par un lynchage. Ça se faisait de façon expéditive, et certainement pas avec cette mise en scène sordide. Dans le cas présent, l'inspecteur devait résoudre une toute autre affaire. Ces bougres étaient enlevés, et disparaissaient de la circulation un ou deux jours environ, pour réapparaître en piteux état, au petit matin, aux abords d'un commissariat de police. Un appel anonyme prévenait le commissariat de police qu'un individu se trouvait dans une voiture, blessé, il avait besoin de secours. Lorsque l'agent de faction se précipitait au secours de la victime, il découvrait un individu ligoté et bâillonné à l'arrière de la voiture. Quand l'agent ouvrait la porte arrière, un système de filin, raccordé de la porte à la gâchette d'un fusil calé entre les sièges avant, déclenchait un coup de feu. Au regard de la distance entre la puissante arme de guerre et le visage de la victime, sa tête explosait littéralement. Sur le siège passager, l'agent trouvait une lettre posée en évidence, tapée à la machine, décrivant les faits de trahison, de dénonciation et de meurtre dont il s'était rendu coupable. L'ensemble des personnes déportées ou fusillées, assassinées par sa faute, complétait la liste. La lettre se terminait immanquablement par cette épitaphe manuscrite : « Tué, au petit matin blême, par ses juges ». Si le message n'était pas aussi sordide, on aurait pu trouver l'écriture agréable. Chaque lettre était tracée tout en rondeur. Selon l'examen du graphologue, cette écriture pouvait fort bien provenir de la main d'une femme. Mais ce n'était qu'une supposition. Toutefois, pour transporter et ligoter un homme dans une voiture, il fallait une certaine force. Sans exclure radicalement le fait que cela puisse être réalisé par une femme, l'inspecteur misait sur au moins un homme.

Le jeune inspecteur de police avait récupéré cette enquête ; mis à part son collègue, l'inspecteur Gaillard, personne ne voulait trop s'en occuper. Toutefois, leur commissaire le désignait comme chargé d'enquête. Après le premier assassinat, le commissaire avait laissé entendre au jeune inspecteur, qu'il devait s'agir d'un règlement de compte entre mafieux. Il avait été demandé à l'inspecteur de ne pas faire de zèle, et de classer l'affaire au plus vite. Son commissaire, soucieux des résultats et surtout, sans faire de vague, préférait ranger ce genre de crime dans les dossiers « règlements de compte », ce qui permettait aussi de dire que sur son secteur, la criminalité restait sous contrôle. Les crimes entre gens de la pègre n'étaient pas intégrés dans les statistiques de la délinquance. Ils avaient droit à un tout autre traitement de faveur, le marché noir et la pègre étaient rangés dans le même panier. Rien de bien méchant en soi, qui ne mérite plus d'attention qu'il n'en fallait, selon le commissaire. Les médias avaient vite repéré que les trois affaires avaient un lien, le mode opératoire trahissant leur similitude ne faisait aucun doute. Le préfet commençait à s'impatienter, en lançant un ultimatum sur la nécessité de résoudre cette affaire au plus vite. Il appelait chaque jour le divisionnaire, qui appelait le commissaire, qui appelait l'inspecteur. Les titres des journaux commençaient à tourner la police en dérision face au manque de résultat. Toutefois, comme les médias, l'inspecteur sentait tout autre chose, son instinct lui disait de chercher ailleurs. Il pressentait quelque chose de plus tordu. Pourquoi, un type inconnu de leurs services, dont aucun lien avéré avec le monde de la pègre, subirait ce genre de traitement ? D'autant que ce genre d'exécution n'était pas le style du milieu. Pour lui, cela ne faisait aucun doute, son assassinat avait d'autres origines. La lettre, trouvée sur le siège passager, confirmait ses doutes. Bien que son commissaire affirmât que ce n'était qu'un moyen comme un autre d'éloigner les soupçons qui pourraient être portés sur le milieu.

Depuis, chaque meurtre suivait le même mode opératoire, l'inspecteur avait réussi à convaincre son commissaire qu'il fallait prendre du temps, avant de classer l'affaire. D'autant que désormais, le rythme des assassinats s'accentuait de façon inquiétante. Alors qu'en début de semaine, il avait reçu le coup de fil d'un inspecteur de police d'un commissariat de Lyon. Ils avaient eu affaire à une série de meurtres portant la même signature. La même provocation d'exécution macabre, organisée devant un commissariat, était restée sans réponse. Au début, il n'avait pas pris au sérieux les lettres, affirmant que les victimes avaient eu un passé très sombre. Toutefois, en fouillant dans les archives sauvées de la destruction, au moment de la libération, il avait tout de même fini par découvrir que durant la guerre, ils avaient tous participé à des rafles ou des dénonciations de grande envergure. Il y eut quatre meurtres, puis plus rien. Mais en lisant les journaux, il venait de découvrir qu'à Paris ils avaient affaire aux mêmes détraqués. L'inspecteur Tarcot piétinait et cet appel ne l'avançait pas à grand-chose, il n'allait tout de même pas entendre tous les Parisiens susceptibles d'avoir déménagé ! Aujourd'hui l'inspecteur assistait au troisième enterrement dont les circonstances étaient rigoureusement les mêmes.

Le cercueil est incliné, tête en avant, puis s'enfonce dans la fosse. Les quatre hommes font coulisser les cordes accrochées aux poignets, le cercueil glisse lentement au fond. Les hommes retirent les cordes, puis s'inclinent respectueusement au-dessus du caveau. L'un d'eux ajuste la couronne mortuaire, et se retire, pour laisser place aux proches du défunt. Ils avancent par petits groupes en conservant une distance vis-à-vis du trou sombre et profond. Chacun s'incline puis laisse place aux autres. L'inspecteur observe les petits groupes, en tachant d'identifier qui se met avec qui. Est-ce par affinité, ou par hasard ? Rien ne permet de déceler une quelconque attitude, des uns et des autres. Qui pourrait affirmer qu'ils se connaissent ? Bien au contraire, ils semblent tous s'ignorer. Leurs comportements semblent quasiment neutres, comme dénués de ressenti. Le tueur se trouve-t-il parmi eux ? Rien ne permet de l'affirmer. L'inspecteur prend le temps d'observer chacun d'eux. Pourtant, il ne saurait dire pourquoi il est persuadé qu'il est ici, et assiste à l'inhumation de sa victime. Il reconnaît quelques personnes présentes. Elles sont toutes passées par son bureau, pour un simple entretien, pour les besoins de l'enquête. Déjà, à cet instant, il sentait le malaise que provoquaient ses questions. Pour les exigences de l'enquête, qui devenaient de plus en plus compliquées, ces hommes avaient été entendus. Manifestement, ils savaient quelque chose, mais ne crachaient pas le morceau. Tout du moins, jusqu'à ce que l'inspecteur découvre qu'ils se connaissaient tous, à part les rares membres présents de la famille. Sous l'Occupation, tous avaient, de près ou de loin, traficoté avec les Allemands. Tous avaient un lien avec la police allemande. Cependant, rien ne reliait les victimes à ces hommes. Chaque fois, lors des auditions officieuses, lorsque l'inspecteur leur démontrait sa connaissance de leurs activités avec l'ennemi, les personnes changeaient leurs discours, reconnaissaient les faits mais ne parlaient de l'homme que l'on enterrait que comme une vague connaissance. Il ne faisait plus aucun doute que l'enquête devait s'orienter sur cette piste. La personne que l'on enterre aujourd'hui, faisait partie de ce cortège lors du dernier enterrement, il y a à peine une semaine. L'inspecteur décide de prendre un peu de recul pour mieux observer la scène. Des immeubles dominent le cimetière, quelqu'un pourrait très bien épier les moindres faits et gestes sur l'ensemble de ce cimetière. Pourtant l'inspecteur reste persuadé que l'assassin est ici, parmi le groupe de personnes qui assiste à cet enterrement. Cette victime est désormais la troisième, il piétine, et pourtant la façon d'opérer reste la même. Lequel d'entre eux sera la prochaine victime, ont-ils compris qu'ils étaient dans l'œil du viseur ? Il était probable que oui, mais alors pourquoi ne pas en parler lors de leur entretien ? Ils devaient bien se douter que, tôt ou tard, la justice les rattraperait pour être jugé sur leurs agissements durant la guerre. L'inspecteur avait transmis le dossier de chacun aux services de l'intérieur chargé de faire le nettoyage. Il n'avait aucune compassion pour ces bonhommes, qui n'avaient pas hésité à trahir, dénoncer et envoyer à une mort certaine des centaines d'innocents. Il était conscient aussi, que les services de police française, à laquelle, trop jeune, il n'appartenait pas sous l'Occupation, avait sa part noire de responsabilité dans ces effroyables massacres. Tout cela, au nom d'un régime de pleutres, gouverné par un militaire sénile, à la solde de l'ennemi. Le jeune inspecteur ressent un profond haut-le-cœur qui lui remue les tripes.

La cérémonie s'achève, il faudra qu'il convoque à nouveau chacun de ces lascars. Peut-être qu'avec ce dernier assassinat, ils seront un peu plus loquaces, la peur et l'instinct de survie étant souvent bons conseillers. Il en manque un à l'appel. Dans ce groupe sordide, le petit gros, celui qui semblait toujours transpirer, avec les cheveux gras, lissés sur son front, n'est pas présent aujourd'hui. L'inspecteur fouille dans sa mémoire, lors du dernier enterrement, la semaine dernière, il était présent, emmitouflé dans son long manteau à carreaux. Sera-t-il la prochaine victime ? Son regard s'attarde sur le jeune couple, resté en retrait tout le long de la cérémonie. Ce sont les seuls à ne pas s'être approchés du caveau pour s'y recueillir. Il lui semble bien les reconnaître, où les avait-il vus déjà ? Était-ce à l'enterrement précédent ? Non, de mémoire, il ne les revoyait pas, mais peut-être que l'homme y était venu seul ? Mais la jeune femme, pourquoi la reconnaître ? Peut-être qu'il faisait une association entre le visage de l'homme et celui de cette jeune femme qui l'accompagnait ? En la regardant avec plus d'insistance, il se souvient l'avoir vue, mais seule, et cela devait être au premier ou au deuxième enterrement. Ce dont il est certain, c'est qu'ils n'étaient pas ensemble. Pourquoi ne les avaient-ils pas convoqués comme les autres ? L'inspecteur est pensif, il scrute le couple, échafaudant de nouvelles pistes, perdu dans ses pensées, il ne se rend pas compte que le jeune homme l'observe à son tour. Aguerri aux situations particulières de surveillance, il opte pour une attitude désinvolte. Le jeune homme ne semble pas dupe. Il salue l'inspecteur, et lui adresse un sourire. Le simple fait que le jeune homme soit aussi serein, éveille les soupçons de l'inspecteur. Le jeune homme dévisage l'inspecteur, comme s'il venait de retrouver une connaissance perdue de longue date. Les deux hommes ont approximativement le même âge, et pourtant son attitude mature et flegmatique, semble en dire long sur sa personnalité affirmée. L'inspecteur sort son calepin, et de façon ostentatoire, y écrit une bafouille : « voir couple ». L'inspecteur regarde à nouveau le jeune homme qui ne bronche pas. Il faudra qu'il s'informe sur le passé de ces deux jeunes gens, il va devoir les approcher pour connaître leurs identités.

Désormais, deux agents en bleu de travail s'affairent autour du caveau, ils font glisser la lourde pierre de granit sombre qui obstrue la tombe. La pierre à peine déposée, l'un des agents applique un cordon de ciment qui scellera la sépulture. L'homme qui gît en dessous, emporte avec lui les secrets de ses dernières années. L'inspecteur décide de tirer cette affaire sordide au clair. Le jeune couple a déjà tourné les talons, l'inspecteur décide de les aborder au culot. Il presse le pas pour les rattraper avant qu'ils ne sortent du cimetière. Il coupe au travers des rangées de tombes, et arrive à la sortie, juste avant eux. Ils avancent d'un pas pressé, en se tenant la main, l'inspecteur les regarde arriver sur lui, il les trouve beaux. La jeune femme lève les yeux et, surprise de sa présence, observe un léger temps d'arrêt, juste avant de reprendre une contenance plus froide. Elle fait un geste à peine perceptible, sans doute en serrant la main du jeune homme qui lève la tête et la regarde. Elle lui fait signe discrètement, en levant son menton dans la direction de l'inspecteur. Le jeune homme, futé, le regarde fixement, puis sans se désarmer lui sourit à nouveau. Il lui adresse la parole :

– Vous êtes rapide monsieur l'inspecteur… Auriez-vous des dons de déplacements surnaturels, lévitation peut-être ?

Le jeune homme est un peu narquois, l'inspecteur n'aime pas trop le ton qu'il emploie avec lui, mais après tout, il a le droit de pratiquer un peu d'humour, du moment que cela reste courtois. Pourtant, son attitude confiante l'interpelle un peu. Le jeune homme connaît sa profession, alors qu'ils n'ont pas été présentés, il sait qu'il est inspecteur. Démontrer cet avantage lui confère un petit air supérieur, et cela semble ne pas le déranger, bien au contraire. Il s'avance vers l'inspecteur et lui tend la main en se présentant :

- Simon Zimberschtein, et voici ma sœur, Jeannes…

Ainsi donc, ils sont frère et sœur. L'inspecteur Tarcot lui rends sa poignée de main, qui se veut chaleureuse :

- Inspecteur Tarcot, Jean Tarcot, enchanté… Mais je constate que vous semblez déjà me connaître. Vous aurais-je déjà vu dans d'autres circonstances ? Il semble que vous soyez attirés par cette série d'enterrements, je me trompe ? Quels étaient vos liens avec la victime, vous connaissiez cet homme ?

L'inspecteur se tourne vers la sœur qui arrive à sa hauteur, il lui tend la main, elle le fixe du regard et semble l'évaluer. Il éprouve l'étrange sensation d'être passé à la question. Elle lui adresse enfin un sourire, puis sort sa main droite de son long manteau bleu de laine, et la lui tend également. L'inspecteur n'avait pas remarqué à quel point son visage était beau et dur à la fois. Elle ne le quitte pas des yeux.

- Oui, on peut dire cela, en quelque sorte, nous connaissions ce type, nous en avions entendu parler. Nous étions informés des activités de cet homme durant la guerre. Constater que cette ordure est morte et bien morte est pour nous à la fois un soulagement, mais aussi une frustration. Car il ne passe pas devant ses juges pour ses crimes. Quelqu'un d'autre s'en sera chargé, après tout, le résultat est le même, n'est-ce pas ?

L'inspecteur a un mouvement de recul, surpris par ce que vient de dire la jeune femme. Qu'est-ce qui lui permet d'avancer ce genre d'argument ? Malgré ses recherches poussées, aucune trace le concernant n'affirmait cela. De là à dire que le type qu'il venait d'enterrer était blanc comme neige, il y avait un monde. Mais l'inspecteur préfère ne pas en faire état.

– C'est une façon de voir les choses, il y a la justice des hommes pour régler cela. Si tout le monde se met à régler ses comptes, sans jugement équitable, où allons-nous ? Ce serait l'anarchie. Après qu'est-ce qui vous permet d'affirmer que ce type avait eu, sous l'Occupation, des agissements de ce type ?

L'inspecteur observe cet étrange couple, qui, à l'annonce de sa réponse, ne bronche pas. Toutefois, le regard de la jeune femme s'assombrit. Elle lui parle avec un sourire appuyé, comme si elle parlait à un enfant un peu simplet, ou qui ne voudrait pas comprendre ce qu'on lui dit. Petit à petit le ton qu'elle prend s'apparente plus au ton solennel qu'un procureur prendrait, pour énoncer les faits impardonnables d'un meurtrier.

– La justice des hommes… !!? Inspecteur, êtes-vous sérieux !? Croyez-vous ce que vous dites ??? Mais laissez-moi rire, cher inspecteur… Elle a fait quoi la justice des hommes depuis 36 ? La justice des hommes continue, aujourd'hui encore, à bafouer le droit des personnes les plus vulnérables. D'ailleurs, vos propres services n'ont pas connaissance de l'identité réelle des trois salopards qui ont été exécutés.

– Si vous disposez d'informations que je ne serais pas en mesure de connaître, je vous en prie, faites m'en part...

Le jeune homme regarde l'inspecteur Tarcot, puis regarde sa sœur, son air oscille entre amusement et réelle souffrance. Il faudra qu'il creuse de ce côté, l'inspecteur a soudain la certitude, qu'ils ne sont pas là par hasard, ou juste pour s'assurer que le type que l'on vient d'enterrer, ne ressortira pas de sa boîte. Il allait devoir jouer franc jeu avec eux. Mais dans un premier temps, avancer à jeu découvert pouvait être un avantage, à condition de conserver la maîtrise des règles. Les laisser croire tout autre chose, en faisant son travail autrement. L'avenir lui donnerait raison, sur ce point au moins. Que savent-ils de la justice des hommes ? Ils sont encore bien jeunes pour avoir de tels propos ; ceci étant, la guerre n'avait épargné personne. Au regard de la consonance de leur nom, plus que quiconque, ils avaient aussi probablement dû payer un lourd tribut aux horreurs de cette saloperie de guerre. L'inspecteur prend aussitôt en pleine figure sa propre histoire. Cette histoire qui, toute sa vie durant le poursuivra avec ses regrets de ne pas avoir été présent au bon moment, mais qu'y pouvait-il ? Ses parents, rentrés dans la Résistance, avaient mis en place une filière pour extrader des familles entières, menacées de déportation. Ils avaient été dénoncés, puis arrêtés par la police française, avant d'être livrés aux mains de la Gestapo. Torturé à mort, chacun d'eux comme les membres de leur groupe, n'avait livré personne. Ils avaient terminé leur vie, fusillé au petit matin froid, au fond de la cour sordide d'une sous-préfecture. Le jeune Tarcot n'avait plus revu ses parents. Il est probable que ces deux jeunes aient vécu une histoire semblable, comme des milliers de personnes durant cette maudite guerre.

– Je vous ai vu à l'enterrement précédent. Étiez-vous également au premier enterrement concerné par cette série ?
– Bien évidemment, nous n'en avons loupé aucun… Sinon, quel intérêt ? N'est-ce pas Simon ?

Son frère lui adresse un sourire complice assez dérangeant. Ils ont tous deux une attitude intrigante et provocante. Calepin à la main, l'inspecteur redemande leur nom et le note méticuleusement.

– Vous avez certainement vos raisons et vos préoccupations, n'est-ce pas ? Vous habitez où ?

Ils savent que l'inspecteur ne va pas les lâcher aussi facilement, Tarcot croit aussi qu'ils font tout pour susciter de la curiosité. Ils se jouent de lui, comme un chat le ferait avec une souris, mais qui est le chat, qui est la souris ?

– Vous savez, inspecteur, nous avons tous nos parts d'ombre et nos tourments. En quoi notre adresse pourrait-elle vous être utile ?

Ils s'amusent, Tarcot le sent, même si le rôle qu'ils semblent interpréter, paraît bien plus sombre.

– Vous savez, dans la police, nous avons besoin de savoir où nous mettons les pieds, nous avons besoin de comprendre.
– Nous habitons le troisième arrondissement, rue Saint-Gilles… Un quartier calme et adorable, vous connaissez inspecteur ?

L'inspecteur reste sans voix un bref instant, il réalise qu'ils sont voisins. Curieux hasard, ou le destin parfois fait se rencontrer des personnes autour d'un évènement, alors que rien ne permet d'affirmer qu'un jour leurs chemins se croiseraient. Cette rue n'est pas immense, ses commerces sont nombreux, on peut y trouver tout ce dont on pourrait avoir besoin. Lui qui y traîne le soir, il ne lui semble pas les avoir vus dans le quartier. Lorsque son boulot le lui permet, il flâne, il déambule dans les ruelles, il s'imprègne de l'agitation quotidienne, des acteurs du jour, qui petit à petit disparaissent pour laisser place aux noctambules. L'inspecteur ne laisse rien paraître de sa surprise, il se racle la gorge.

– Tiens donc, le troisième arrondissement. Oui en effet je connais la rue Saint-Gilles, c'est un très beau quartier, où il fait bon vivre. Vous connaissez son petit marché, celui du dimanche ? Une vraie pépite, on y trouve les meilleurs produits régionaux.
– Vous semblez connaître assez bien ce quartier, n'est-ce pas ? Je me trompe ?
– Du tout, vous savez dans mon métier, nous sommes appelés à sillonner la ville dans ses moindres dédales de rues, et à force on peut y apprécier ses particularités.

Il n'était pas question qu'il livre ainsi les secrets de sa vie, pas plus que son lieu d'habitation. En tant que policier, lui, avait le droit légitime de savoir ce genre de détails sur la vie privée des gens. Mais il devait se préserver, et se garantir un minimum d'anonymat.

- En général, comment prenez-vous connaissance du décès et du lieu d'inhumation des victimes dont vous avez suivi l'enterrement ?
- En général… Eh bien… Nous apprenons tout ce dont nous avons besoin de savoir, par les journaux et leurs articles…

Le jeune homme prend un temps d'arrêt assez long, regarde sa sœur, cherchant une approbation, puis observe l'inspecteur en souriant aimablement. Toutefois sa réponse ne le convainc pas immédiatement.

- Nous vous avons dit que nous étions très attachés au devenir de ces ordures. Il est heureux, je ne vous cacherais pas, de se dire qu'ici, à Paris, des gens courageux aient décidé de faire justice eux-mêmes… Même si cela ne vous convient pas.
- Peut-être pourrions-nous en parler demain dans la matinée, à mon bureau au 36 ?

Le couple se regarde, visiblement un peu surpris, puis finalement le jeune homme se reprend, et accepte « l'invitation ». L'inspecteur a besoin de cerner ces deux jeunes gens qui semblaient en savoir bien plus qu'ils ne voulaient le laisser entendre.

- Ne soyez pas inquiets, ce n'est qu'une entrevue officieuse, histoire de mettre à jour ce dossier compliqué. Ça me permet d'écarter des pistes, pour ne pas perdre mon temps. On se dit dix heures, demain matin ?

– Parfait ça nous convient, n'est-ce pas Jeannes ?…

La jeune femme acquiesce ostensiblement du regard en se tournant dans sa direction. L'inspecteur lit quelque chose d'étrange dans son regard bleu profond. Il ne sait pas encore si ce message caché est un défi ou une menace ?

Tarcot préfère ne pas insister, il décide de prendre congé et les salue. Leurs sourires conciliants à tous deux, ne font que confirmer qu'il avait raison d'émettre des doutes, ouvrant des perspectives de soupçons à leur égard. L'inspecteur s'éloigne, il est persuadé qu'ils le regardent, l'observent, l'évaluent. Au moment de franchir le gros portail d'acier, il se retourne brièvement, ils se tiennent la main, et semblent le considérer étrangement. Leur attitude sombre, presque inquiétante, leur confère soudain une tout autre posture, que Tarcot ne parvient pas encore à déterminer. Il leur adresse un signe de la main, tout en pensant clairement que ce rendez-vous fixé à demain matin sera très instructif, et ne serait certainement pas le dernier. À n'en pas douter, ils seront appelés à se revoir.

Six heures du matin, la sonnerie du téléphone réveille Tarcot, il est complétement vaseux. Il attend un peu, mais ça insiste. Il se lève, pose les pieds sur le parquet froid. Chacun de ses pas fait craquer le vieux chêne. Il manque de trébucher, le chat miaule en passant entre ses jambes encore engourdies. Il arrive dans le vestibule, puis décroche le téléphone. C'est avec la voix rauque, qu'il prononce un inaudible :

– Allo…. Qui est à l'appareil ?

– Inspecteur Tarcot ?
– Hhhhoui… Huuummhumm oui … Pardon c'est moi…
– Commissariat central… On en a encore un qui s'est fait exploser la tête… Là, ce matin, juste devant chez nous … Au 36… vous vous rendez compte ?… Ils n'ont décidément plus peur de rien…
– Quoi ? On a un nouvel assassinat… Ce matin… C'est le même mode opératoire, vous en êtes certain ?
– Ah bah oui… Je veux… Que c'est la même méthode. Là, je ne prends pas de risque en vous disant qu'on tient notre quatrième. Vers cinq heures trente, ce matin, l'agent de faction à l'accueil a reçu un appel. Une femme, semble-t-il, a appelé, pour nous avertir qu'un type venait d'être agressé dans sa voiture, là juste chez nous. Vous vous rendez compte, devant chez nous ! On va voir, et paf le mec est liquidé. C'est notre jeune recrue, qui, après avoir reçu l'appel ce matin, s'est précipitée, pour porter secours, sans trop réfléchir … Elle est sonnée. Elle a ouvert la porte de la voiture, et le gros boum et puis plus rien. Elle a pris la moitié de la tête du pauvre type en pleine figure… Le commissaire vous veut sur place tout de suite.
– Bon j'arrive… Surtout ne touchez à rien. Faites sécuriser les lieux, que personne ne rentre dans cette voiture vous m'entendez ?
– Ah bah, de ce côté-là, y'a pas de danger, personne ne veut foutre les pieds dans cette mélasse de cervelle broyée…. On est en train de disposer des barrières tout autour de la voiture.

L'inspecteur Tarcot raccroche, et se maudit. Il maugrée tout seul en se dirigeant vers sa salle de bain. Il leur avait pourtant bien dit, que si la situation se renouvelait, il ne fallait surtout pas ouvrir la porte de la voiture. Il fallait le prévenir en premier, sécuriser les lieux, puis faire venir la brigade de démineur. En aucun cas, il ne fallait ouvrir cette fichue porte. On pouvait, on devait éviter ce carnage. Tarcot termine sa toilette, derrière la porte le chat miaule, mécontent d'être ignoré ainsi. Tarcot fonce à la cuisine se prendre un bout de pain et du fromage. Le chat miaule et minaude en se frottant contre ses jambes. Il manque encore de le faire tomber, il râle après lui. Il prélève un petit bout de fromage qu'il tend au minet. Il se précipite sur sa main, l'enveloppe de sa patte habile, sent le fromage, puis le prend délicatement dans sa gueule. Tarcot, prend un petit sac de papier puis y glisse le fromage et le pain. Il ouvre le frigo, puis saisit une assiette. Il en retire quelques morceaux de viande découpés la veille, mélangés à des légumes. D'habitude, Matou (c'est son nom) trie les morceaux. Là, Tarcot est content de son coup, la veille au soir, il a broyé le tout, légumes et viande, Matou sera bien obligé de manger un peu de légumes. Matou se précipite sur son bol, le renifle, puis s'éloigne en miaulant plus fort.

– Si tu as faim… Tu finiras bien par manger… Hein ?

Matou regarde Tarcot et miaule, puis lui tourne le dos et saute sur la table de cuisine, miaulant encore face à la fenêtre. Tarcot habite sous les toits, au quatrième. La journée, la fenêtre de la cuisine reste ouverte. Matou passe sa journée dehors, à traîner on ne sait où sur les toits, dans les combles et greniers des maisons alentours. Chaque soir, il rentre à l'instant même où l'inspecteur rentre du boulot et allume la lumière du vestibule. Il doit guetter son retour. La fenêtre à peine ouverte, Matou saute sur son rebord puis s'assoit. Il se retourne puis regarde l'inspecteur, miaule et semble lui dire au revoir. Tarcot le regarde un instant, puis il enfile son imperméable, met le sac de son petit-déjeuner dans sa poche, puis ajuste son Borsalino et ferme la porte d'entrée.

En dévalant les escaliers, il repense à l'appel du brigadier. Jusqu'à présent le meurtrier choisissait un petit commissariat de quartier, toujours dans la périphérie proche du 36. Les abords des commissariats de quartier étaient moins surveillés, ainsi le meurtrier ne risquait pas de se faire surprendre en laissant son passager en fâcheuse posture. Mais là, il narguait carrément le 36, il défiait l'inspecteur. Les journaux, toujours avides de sensations, n'avaient pas lésiné sur le nombre d'articles. Ils avaient détaillé chaque meurtre avec une précision assez déconcertante sur les conditions dans lesquelles les victimes étaient trouvées. Quelques détails n'avaient pas été divulgués et restaient néanmoins encore cachés, ce qui permettait d'avoir encore une longueur d'avance pour l'enquête. Les médias ne s'étaient pas privés de mentionner son nom sur plusieurs articles, donc le meurtrier savait qui était chargé de cette enquête. Commettre ce meurtre, ici, devant le 36, c'était le provoquer, c'était aussi prendre le risque de manquer son acte. Si la victime ne mourait pas, si l'agent avait ouvert une autre porte, le mécanisme meurtrier ne se serait pas déclenché. L'inspecteur aurait eu enfin un témoin qui pourrait lui transmettre de précieuses informations. Mais le meurtrier avait la chance que tout se déroule comme il le prévoyait.

Arrivé dans la rue, il se met à courir, il ne manquerait plus qu'il loupe le bus. Il réussit à choper le vieux bus vert au moment où il redémarre. Ouf, de justesse. Il s'écroule sur un siège en bois, consulte sa montre, 6 heures 25, déjà essoufflé. Il sort de sa poche son bout de pain et le morceau de fromage, qu'il mâchouille en rêvassant devant l'alignement des hautes maisons parisiennes aux façades grises et ternes. Les demeures défilent devant lui. Quelques fenêtres sont déjà éclairées. Il s'amuse à observer l'activité dans chaque pièce illuminée. Le bus ralentit puis stoppe au prochain arrêt. Un type, est à la fenêtre, une tasse fumante à la main, il regarde au travers des carreaux l'agitation dans la rue. Le bus redémarre.

Tarcot se lève, le bus emprunte le pont du Change qui enjambe la Seine. Tarcot regarde les couleurs gris bleuté de l'eau qui s'écoule inexorablement, dans un calme vertigineux et puissant. Le bus s'arrête, il descend puis se dirige vers le 36. Un attroupement est déjà là, malgré un large cordon de policiers en faction protégeant les lieux. Tarcot s'approche, puis se positionne à plusieurs dizaines de mètres du lieu du crime. Il observe les alentours, observe la scène, observe les badauds, tout ce monde de curieux malsains. C'est fou comme le sordide fait sortir les gens de leur tanière. Le meurtrier se trouve peut-être parmi eux, à contempler son œuvre, à l'observer lui. Il devient parano, non, il commence à comprendre le fonctionnement de ces personnes, qui, au-delà du crime qu'elles commettent, éprouvent le besoin irrésistible de se mesurer et de provoquer les hommes de loi. Tarcot regarde un peu dans tous les sens. Il décide de faire le tour de l'imposant immeuble. Il veut entrer sans se faire voir. Il cavale dans la rue perpendiculaire, puis s'introduit dans l'immeuble. Il traverse un dédale de longs couloirs où, de chaque côté, une quantité impressionnante de bureaux sont encore majoritairement fermés.

Tarcot monte les étages, puis arrive enfin à son bureau. Son collègue, l'inspecteur Gaillard, est déjà là, il s'affaire, sur son bureau. C'est un type assez secret, plus âgé que lui, Tarcot aime sa façon d'aborder les enquêtes. Avec sa canne à la crosse de bronze, représentant une tête de dragon, il donne toujours l'impression d'être impotent. Une blessure de guerre, s'amuse-t-il à dire, mais Tarcot n'en a jamais rien appris de plus. Toutefois, malgré son petit handicap, il était capable de courir très vite si besoin était. Sur cette affaire, il a déjà avancé quelques théories, dont une, qui lui trotte dans la tête depuis plusieurs nuits. Gaillard le regarde, lui fait un signe de la tête, puis lui demande s'il est au courant du dernier meurtre ? Tarcot lui répond que oui, et lui demande de se mettre à la meilleure fenêtre, et de prendre le plus de photos possible, de la scène de crime, et du public tout autour. Si besoin, qu'il sorte, et qu'il fasse discrètement des photos des visages. Tarcot laisse Gaillard se débrouiller, il est très efficace, il apprécie bien ses initiatives, et parfois, il aurait aimé avoir les idées qu'il émet. Il en ressent un petit fond de jalousie, mais sans aucune méchanceté. Il s'en veut un peu de penser cela. Après tout, il dispose d'une plus grande expérience, et lui a connu sa profession sous l'Occupation. Il faudrait qu'il lui en parle un jour. Il réalise qu'il ne connaît rien de lui. Gaillard attrape sa canne, et juste avant de quitter le bureau en trombe, il fait demi-tour, pose sa main sur le montant de la porte.

- Ah… Au fait, notre jeune brigadier, celle qui a ouvert la porte de la bagnole… Et pris la cervelle du type en pleine tronche… Elle a piqué une crise de nerf, quand elle a réalisé ce qu'elle avait fait et quand elle a compris ce qu'elle avait sur elle… Elle est hospitalisée à l'hôtel Dieu.
- Ah merde… J'voulais la voir et l'interroger… Bon tant pis, j'attendrai…. On connaît le nom de la victime ?

Gaillard, n'a pas attendu la réponse de Tarcot, il est déjà parti faire son shooting. Tarcot s'approche de la fenêtre. D'ici on voit assez bien la scène. On peut voir la custode arrière de la voiture noire, explosée. Il observe tout autour, d'ici c'est difficile de distinguer les visages, il se concentre, plisse les yeux, mais ne reconnaît personne. Alors qu'il s'apprête à laisser tomber, il distingue une puis deux silhouettes, vêtues de longs manteaux, un sombre, l'autre plutôt clair, bleu clair même. Un homme et une femme, lui semble-t-il, tout de suite il espère que Gaillard les aura pris en photo. Il doit en avoir le cœur net. Ces deux silhouettes lui rappellent un peu ce jeune couple vu hier au cimetière. Ce serait assez sidérant. Il fonce pour se rendre compte par lui-même, et en avoir le cœur net. Il descend les escaliers quatre à quatre, et manque de percuter deux brigadiers, qui se poussent tout en le regardant surpris. Il arrive enfin à l'accueil, puis, franchit la porte d'entrée. Il court vers la voiture entourée de grosses barrières de bois. Il regarde les gens autour, éloignés à bonne distance de la voiture, Tarcot recherche le couple, qu'il avait repéré là, juste à côté du panneau. Il ne les voit plus, sont-ils partis ? Il regarde partout. Autour, la rue commence à s'animer, il y a déjà du monde sur les trottoirs, il ne parvient pas à identifier ce couple.

– Merde… Ils sont partis, mugit-il, tout fort. Les gens se retournent sur son passage, et le regardent surpris. Peut-être que Gaillard les aura pris en photo, espère-t-il pensivement.

De la main, il écarte gentiment mais fermement les curieux. Tarcot parvient jusqu'aux barrières. Il en pousse une pour franchir le cordon de sécurité, l'un des plantons arrive tout de suite sur lui, puis le reconnaît, il repousse la barrière après son passage.

– Vous pouvez repousser les barrières d'au moins cinq mètres ? Et bloquez-moi ce fichu trottoir, je ne veux plus personne autour de cette bagnole… Merci !
– Bien inspecteur… Méfiez-vous en approchant d'la bagnole… Il y en a vraiment partout…
– Ah bien, merci !

L'agent s'exécute, il prend deux autres policiers avec lui, puis repousse les barrières. Les gens râlent, ils ne vont plus rien voir. Tarcot ne se retourne pas mais, en entendant les curieux râler ainsi, il a de la peine à comprendre, on sort d'une période de guerre monstrueuse, où les pires crimes ont eu lieu, et ils en redemandent. C'est à peine croyable, la mémoire collective des anonymes n'est pas plus évoluée que celle d'un poisson rouge.

Tarcot examine, fait le tour de la voiture ; à part la custode arrière explosée, il semble ne pas y avoir la moindre trace. Un photographe de la maison immortalise chaque recoin. La voiture, une traction noire rutilante, probablement volée, comme dans les trois autres meurtres, abrite le corps sans vie d'un homme dont la tête semble littéralement arrachée. Si les fois précédentes, on n'avait pas attendu l'inspecteur pour bouger les indices, là, à part le photographe qui avançait prudemment sur cette scène, personne n'avait encore touché à rien. Tarcot sort son calepin, puis commence quelques croquis, parfois, il se retourne et l'air de rien, observe les curieux. Comment peuvent-ils rester là, devant cet horrible spectacle ? Il ouvre délicatement la portière avant côté conducteur, à peine entrouverte, elle semble retenue par quelque chose. Du coup, il n'insiste pas, il essaye la portière de derrière, à l'opposé de la victime, elle est fermée. Il contourne la voiture, et actionne la poignée de la portière avant, côté passager. La porte s'ouvre sans résistance. Une enveloppe est posée sur le siège passager. Tarcot la prend avec précaution, son nom figure au beau milieu, inscrit à la machine à écrire. Ce courrier lui est adressé, personnellement. Il l'ouvre. À l'intérieur, une lettre y est pliée et glissée. Il la saisit, puis la consulte. Derrière lui, il entend les badauds qui commencent à s'énerver, ils veulent voir et savoir ce qui se passe. Les policiers de faction tout autour s'agacent et repoussent les curieux. La lettre est tapée à la machine, une liste impressionnante de noms et de prénoms, s'enchaîne les uns à la suite des autres. Toutefois, contrairement aux trois courriers précédents, celle-ci lui est adressée par ces mots.

– Cher Inspecteur Tarcot. Ce quatrième salopard n'a que ce qu'il mérite. Ne le plaignez pas. Regardez la liste des personnes inscrites en-dessous, enfants, femmes, hommes, vieillards, tous sont morts par sa faute. Il a contribué à la mise à mort de tous ces innocents. Vous n'y pouvez rien, vous ne nous empêcherez pas de faire justice.

« Vous ne nous empêcherez pas », le meurtrier n'est donc pas seul, il ressent un frisson qui lui parcourt le bas du dos, comme un pressentiment, qui l'alerte de quelque chose. Sous l'impressionnante liste de noms, qui lui procure un dégoût amer, le courrier se termine par cette même phrase manuscrite, composée de lettres parfaitement tracées : « Tué au petit matin blême par ses juges ». Tarcot plie le courrier, puis le remet dans l'enveloppe, il va demander une comparaison des quatre listes de noms. Il aperçoit Gaillard au loin faire ses photos. C'est bien, il aura de quoi observer cette scène autrement, avec d'autres yeux que les siens. Il n'avait pas eu ce luxe sur les précédents crimes.

Tarcot regarde minutieusement le côté de la voiture. Il examine la portière fermée, côté conducteur, la poignée intérieure est reliée à un fil qui se prolonge jusqu'à l'arme encore bloquée entre les deux sièges avant. Le meurtrier avait laissé plusieurs possibilités machiavéliques. Si quelqu'un ouvrait les portes, avant-gauche et arrière-droite, il déclencherait irrémédiablement le mécanisme meurtrier. La portière arrière-gauche est condamnée. La porte avant-droite est ouverte, sans mécanisme. Mais pourquoi raisonner ainsi. Si on libérait le type, vivant, il pouvait parler, et désigner son agresseur. Tarcot ressort son calepin de sa poche, puis fouille dans ses notes. Il retrouve les croquis griffonnés, après avoir examiné les voitures des meurtres précédents. Elles disposaient toutes du même système multiple de mise à feu. Un système ingénieux, assemblé d'un socle de tôle pliée, formait une sorte de manchon où l'arme était glissée. Fixé à l'armature des deux sièges avant, l'arme restait maintenue solidement dans son étui d'acier, même après la puissante détente du coup de feu. Tarcot était en présence d'un système identique en tout point. Combien de systèmes semblables le tueur avait-il construit ?

Tarcot regarde le corps, tout du moins ce qu'il en reste. Il est fermement attaché par un fil de fer qui l'entrave du haut du corps jusqu'aux pieds. Le fil de fer disparaît derrière le dossier de la banquette. L'homme est ligoté de telle manière qu'aucun mouvement n'était permis. Comme les autres victimes, il a une main sectionnée au niveau du poignet. Un bandage sommaire et ensanglanté, enveloppe le bout de son bras. Il écarte difficilement le manteau pour voir si sa poche intérieure comporte des papiers d'identité, ce dont il doute. Les autres victimes n'avaient aucun document d'identité sur elles. Les autres victimes avaient toutes été bâillonnées avec un gros chiffon coincé dans la gorge. L'autopsie et l'examen des restes de la tête avaient permis d'identifier des morceaux de chiffon au fond de la gorge. À chaque fois, le légiste avait déterminé que les chiffons étaient en réalité de la dentelle, une très jolie dentelle. Tarcot se recule en s'extrayant de la voiture, il sent sous ses semelles des petits craquements, il regarde :

– Merde, se dit-il.

Il piétine des fragments d'os mélangés au sang. Il frotte ses chaussures sur les pavés. Tarcot prend un peu de hauteur sur la scène, et tâche de voir ce qu'il n'a pas encore vu, tant la scène est véritablement une boucherie. Ce n'est qu'à ce moment qu'il reconnaît le manteau. La victime est vêtue d'un long manteau sombre à carreaux. Des motifs de carreaux gris, bordés d'un fin liseré jaune. Il le reconnaît subitement, tellement absorbé par les images sanguinolentes, il n'avait pas véritablement vu l'évidence qui se trouvait juste sous ses yeux. Il s'agit probablement du type qui manquait à l'enterrement la veille. Il regarde le corps, assis sur la banquette, sa corpulence est assez forte. Ce doit être Fournier, l'homme aux cheveux gras. Tarcot l'avait reçu, il y a deux semaines dans son bureau, après que son nom ait été cité au cours d'autres entretiens. C'était Gaillard, d'ailleurs, lors d'un entretien avec Salibert, l'homme enterré hier, qui lui avait demandé s'il connaissait ce Fournier. Salibert avait tout d'abord feint ne pas le connaître, il faisait mine de réfléchir, mais Gaillard lui avait vite permis de retrouver la mémoire, en lui présentant une liste de noms sur laquelle il apparaissait. Tarcot ne connaissait pas l'existence de cette liste. Il n'avait pas apprécié d'être mis devant le fait accompli, mais, ce document avait permis de faire changer immédiatement l'attitude de Salibert. D'homme prétentieux, et hautain, il était subitement redevenu un type sournois et presque banal. En assistant à cette métamorphose, Gaillard avait affirmé à Tarcot qu'il tenait une piste sérieuse. Le lien entre la première victime, Pacard, et la seconde, Taillandeau, et lui, Salibert, ne faisait plus aucun doute. Mais Gaillard, allait devoir lui fournir des explications. Pourquoi lui avoir caché une telle piste. Plus tard, il s'en était expliqué. Il avait trouvé cette liste, par l'un de ses indics, la veille, tard dans la nuit, et il n'avait pas eu le temps de lui en parler. Et c'est au moment de ce rendez-vous, le lendemain matin qu'il avait saisi l'opportunité de confondre Salibert avec ses mensonges. Tarcot ne sait pas pourquoi, mais cet argument ne le convainc pas vraiment. Quel intérêt aurait-il à lui taire la véritable origine de cette liste ? Il chasse cette pensée de ses réflexions ; s'il commence à soupçonner son équipier de cachoterie, il n'ira pas bien loin dans cette fichue enquête. Cette liste, comportait seulement deux noms, ceux de Pacard et Taillandeau. Mais sous le second nom, trois points de suspension sous-entendaient qu'un troisième arriverait. Après la mort de Salibert, une nouvelle liste avait été déposée, sous enveloppe à son attention, à l'accueil du commissariat. Sur cette liste les deux premiers noms figuraient, et à la place des points de suspension, le nom de Salibert apparaissait. Sous son nom, figuraient trois nouveaux points de suspension. Tarcot s'attendait à recevoir une nouvelle lettre avec le nom de Fournier, concluant cette liste. Mais quand s'arrêterait le meurtrier ? Combien de personnes avait-il prévu d'éliminer ? Comment Gaillard avait-il su pour Fournier ? Quelle information avait-il eu, lorsqu'ils avaient entendu Salibert ? Perdu dans ses pensées, Tarcot ne voit pas Gaillard arriver derrière lui, c'est le toc significatif de sa canne sur le pavé qui le fait se retourner. Il le surprend un peu, il lui fait signe qu'il a terminé son shooting, il remonte au bureau. Testant son comportement, Tarcot informe Gaillard de l'identité de la victime. Gaillard semble surpris que Tarcot l'ait identifié aussi rapidement. Il semble même légèrement déçu. Cela n'échappe pas à l'œil de Tarcot. Gaillard s'en rend compte et change aussitôt de posture. Il est bon acteur se dit Tarcot, mais dans quel but ?

- Tu as trouvé des papiers sur lui ? Parce que les autres n'avaient rien eux… C'est curieux !
- Non, rien, aucun papier sur lui… Comme les autres ! Enfin je n'ai pas pu voir ses poches latérales, il faudra le détacher pour s'assurer que ses poches sont vides.

Tarcot observe Gaillard qui semble encore plus incrédule.

- Bah, alors, qu'est-ce qui te permet d'affirmer que c'est Fournier ?
- Son manteau… Gaillard, son manteau. La semaine dernière à l'enterrement de Salibert il avait exactement ce même manteau. Et je crois me souvenir, que lors de notre entretien, il avait également ce même manteau… Vas-y regarde !

Gaillard paraît dubitatif, il s'avance vers la voiture.

- Ah oui, en effet… Tu dois avoir raison… Mais, il n'est certainement pas le seul à avoir ce genre de manteau dans Paris.
- Oui sans aucun doute, mais tu avoueras que la coïncidence est troublante… Non ? Pour moi il s'agit bien de Fournier. Puis, je te rappelle également que Salibert avait confirmé que la présence du nom de Fournier sur cette liste n'était pas un hasard… Quoiqu'il en soit, demain matin, nous en aurons la

confirmation en recevant la liste du tueur. N'est-ce pas ?

Tarcot n'aime pas le ton qu'il emploie à l'encontre de son collègue, il rajoute :

– Peux-tu charger une équipe d'aller voir jusqu'à chez lui s'il ne serait pas confortablement couché au fond de son lit ?
– Oui… Bien sûr, je remonte l'appareil, et je m'en charge après, ça te va ?
– Parfait, car ensuite je reçois un couple, et j'aimerais beaucoup avoir ton avis sur eux…

Alors que surpris, Gaillard allait lui demander de qui il s'agissait, un agent arrive en courant et fait signe à Tarcot d'approcher. Tarcot n'entend pas la question de Gaillard et fonce voir l'agent. Pour une raison qu'il ignorait, il ne voulait pas dire de qui il s'agissait. Il voulait ménager le temps de surprise et surtout pouvoir observer.

– Le commissaire vous demande tout de suite, inspecteur… Il vous attend dans son bureau… Il veut vous voir tout de suite.
– Oui, très bien j'y vais, merci. Dès que les ambulanciers auront libéré la victime, pouvez-vous faire venir la dépanneuse et déplacer la voiture ? Voyez avec l'inspecteur Gaillard !
– Oui inspecteur, je m'en occupe.

Tarcot appelle Gaillard et lui explique qu'il est attendu chez le « patron » mais qu'il doit encadrer la prise en charge de la victime et l'enlèvement du véhicule. Des agents sont chargés de procéder au cisaillage des fils de fer qui entravent la victime. L'ambulance vient d'arriver, les infirmiers, sortent le brancard puis le déposent sur le trottoir. L'un des deux hommes déplie un drap blanc, il recouvre la victime avant de la déplacer et la charger sur le brancard. Le temps de transporter le brancard jusqu'à l'ambulance, le drap s'était imbibé de sang.

En retrait, l'inspecteur Gaillard observe le déroulement de la procédure, les infirmiers échangent deux ou trois mots avec lui puis repartent avec leur ambulance et leur macabre chargement. Debout, sous les arches du perron, l'inspecteur Tarcot ressent une profonde lassitude, réveil brutal, images monstrueuses, odeur de sang qui imprègne les narines, cette affreuse sensation de doute à l'égard de son équipier. Il a besoin d'un café. Mais cela va devoir attendre un peu, il doit aller faire son rapport au patron. Pour dire quoi ? Qu'il a un quatrième meurtre sur les bras ! Dire que le meurtrier nargue la police, le nargue lui, en commettant son crime sous leurs fenêtres ! La belle affaire ! Dire qu'il commence à y voir plus clair, bien qu'aucune piste sérieuse ne se présente à lui. Chargé de cette enquête, c'est son rôle d'en informer son patron. Tout en gravissant l'imposant escalier en colimaçon, Tarcot fait un bref retour en arrière sur les évènements passés. Plusieurs points le tracassent. Même si désormais il ne fait aucun doute, que le passé des quatre victimes est lié à leur activité de trahison et de complicité avec l'ennemi, il lui manque un fil conducteur majeur. À qui ces quatre hommes ont-ils fait autant de mal, pour qu'ils soient châtiés ainsi ?

Tarcot cogne à la porte, un tonitruant « ENTREZ » lui répond presque immédiatement. Tarcot pousse la porte, les rayons du soleil traversent faiblement les grandes fenêtres de chêne.

– Entrez… Tarcot… Entrez, fermez la porte et venez-vous asseoir ?
– Bonjour commissaire …
– Oui bonjour, asseyez-vous…

D'habitude fringant, et même imposant tant par sa corpulence que par son attitude, ce matin, le commissaire semble avoir pris dix ans d'un seul coup. Il se redresse sur son siège de cuir, fait pivoter le dossier et observe par la fenêtre.

– Il devrait faire bon aujourd'hui, le printemps s'annonce bien, vous ne trouvez pas inspecteur ?

Le commissaire ne l'avait tout de même pas fait venir ici, pour parler du climat et des petits oiseaux.

– Oui sans doute, commissaire, sans doute, je vous avouerais que ce matin je n'ai guère eu le temps d'admirer la couleur du ciel.

Le commissaire se retourne face à Tarcot puis s'accoude à son bureau.

– Oui, oui, vous avez raison, c'est pour cela que je vous ai fait demander, Tarcot. Sous nos fenêtres, Tarcot, vous vous rendez compte, ce fou sanguinaire tue les honnêtes gens sous nos fenêtres. J'espère que vous avez de bonnes nouvelles ? Est-ce que vous avez des pistes, vous avez un suspect ? J'ai la presse qui me harcèle, le préfet qui m'appelle tous les jours. Qu'est-ce que je vais pouvoir lui dire au préfet moi ? On en est combien ? Quatre c'est ça ? Quatre ! Nom de dieu, il ne pouvait pas aller faire ça ailleurs ?

- Pour le moment voilà ce dont je dispose commissaire. Les quatre victimes sont toutes liées et…
- … Mais il faut m'arrêter ce type tout de suite, vous m'entendez ? Non mais qu'est-ce qu'il va nous inventer… Je vous le demande ? C'est un fou dangereux, le mieux serait de le débusquer puis de le liquider. Comme ses victimes, vous vous rendez compte, inspecteur, ce type tue des innocents sous nos fenêtres. Il ne mérite pas de procès. Faut lui faire exploser la cervelle…

Tarcot n'avait jamais vu son commissaire dans cet état. Il était rouge de colère, Tarcot aurait juré que le commissaire nourrissait une sorte de frayeur.

- Je vous disais… Que les quatre victimes avaient un lien…
- Comment ça… Qu'est-ce que vous me racontez là ?
- Sous l'Occupation, chacun d'entre eux a eu affaire avec les Allemands.
- Durant cette sale guerre, beaucoup ont eu affaire avec les Allemands…. Et, dieu merci, on ne les assassine pas tous…. Il y a des tribunaux pour ça bordel !
- C'est bien là le problème… Les victimes, a priori coupables aux yeux du tueur, passent au travers des mailles de la justice… Et …
- Mais je ne vois pas le rapport inspecteur, c'est de la foutaise tout ça… On a affaire à un cinglé, qui prend des victimes au hasard, et il les flingue. Tout ça, dans une mise en scène fanatique. C'est un tueur en série de la pire espèce. Il n'y a rien à comprendre d'autre Tarcot.

- Écoutez, commissaire, à chaque crime, l'assassin nous fait parvenir une liste avec des noms. Une liste incalculable de noms, de personnes que chacun d'entre eux, a fait déporter et assassiner. Au lendemain de chaque crime, un nouveau courrier nous parvient avec l'identité de la victime, et en-dessous de ce nom, trois points de suspension, qui annoncent une prochaine victime.
- Vous divaguez, inspecteur, quand bien même ces hommes auraient eu des activités durant la guerre, désormais, c'est du passé. Ce type n'a rien à voir avec tout ça. Vous faites fausse route Tarcot. Pourquoi s'attaquer ainsi, après plus de cinq années, à ces hommes ? Ça n'a pas de sens Tarcot, je vous le dis, ça n'a pas de sens. Que ces quatre pauvres bougres se connaissent, après tout pourquoi pas. Allez inspecteur, je vous le concède. Mais où avez-vous vu que ce Pacard, ce Taillandeau, ce Salibert et ce, comment déjà… Ah oui, ce Fournier, où avez-vous vu qu'ils pouvaient connaître leur assassin ?
- Je vous file mon billet, que demain matin, nous aurons au courrier la liste des quatre personnes exécutées, puis à nouveau, les fameux points de suspension, annonçant la future victime. À moins que l'assassin n'en ait terminé avec sa vengeance. J'imagine qu'ici, il y en a un qui ne doit pas en mener bien large.
- Comment ça ! Que voulez-vous dire inspecteur ? Pourquoi dites-vous ceci ? Expliquez-vous !

Le commissaire se redresse sur son siège, il vient de retrouver sa posture dominatrice, et pourtant son attitude interpelle Tarcot. Le commissaire sort de sa poche de veste un mouchoir blanc qu'il roule en boule dans sa main. Il commence à transpirer, sur son front de grosses gouttes perlent, qu'il éponge avec son mouchoir.

– Quand je dis ici, je voulais parler de Paris… Véritablement, en intra-muros. Et comme tout semble lié… Ceci dit, cette affaire est forcément liée à une autre série de meurtres qui s'est déroulée à Lyon, il y a un an à peine.

À ces mots, le commissaire s'emporte à nouveau et mugit de façon presque bestiale.

– Cherchez ailleurs Tarcot, qu'est-ce que vous allez imaginer là ? C'est un ordre, vous m'entendez, fouillez ailleurs… Ne nous faites pas perdre de temps, je vous rappelle que c'est à moi qu'il revient de vous transmettre les ordres, et quand ça urge, ne faites pas le sourd, vous pourriez le regretter. Le préfet ne rigole pas, croyez-moi, il veut que cette saloperie d'histoire cesse… Surtout sans remuer cette merde des dernières années.
– Bien commissaire, je vous entends, je vais faire en sorte de réorienter mon enquête selon vos observations.
– Bien Tarcot, bien. Je vous en remercie, vous verrez, vous n'aurez pas affaire à un ingrat, je vous apprécie, et j'aime votre perspicacité. C'est pour cela que vous m'avez été recommandé, il y a trois ans déjà. Ne me

décevez pas. J'ai confiance en vous cher inspecteur. Allons, allons, remettons-nous au travail.

- Merci commissaire, je vous souhaite une bonne journée.
- C'est ça, inspecteur, bonne journée à vous et revenez vite avec de bonnes nouvelles.

L'inspecteur Tarcot se lève abasourdi par autant de bêtises et d'obstination. Il referme la porte puis s'éloigne, il en a vraiment besoin de ce café. Il faut qu'il prenne l'air. Il est énervé à un point tel qu'il ne répond pas aux sollicitations d'un collègue qui l'informe que la voiture est désormais sous bonne garde à l'entrepôt. C'était la première fois que le commissaire commettait ce genre d'ingérence dans son travail. Et cela, il ne l'appréciait absolument pas. Pourquoi se mettre en travers de son enquête, et de ses hypothèses de pistes ? Refuser d'admettre que ces quatre types se connaissaient et agissaient tous de façon ignoble durant cette guerre, ne peut qu'attirer ce désir de vengeance. Pourquoi l'assassin a-t-il attendu cinq ans ? Puis cette façon de lui passer du cirage, juste après l'avoir ouvertement menacé de représailles s'il ne se conformait pas à ses ordres. C'était un comble. Puis, Tarcot se souvient parfaitement le jour où, le commissaire lui avait confié cette enquête.

- C'était un règlement entre deux bandes rivales de la pègre, il fallait classer cela au plus vite, avait-il dit.

Sauf qu'au deuxième meurtre, le commissaire s'était montré moins persuasif. Il lui avait laissé plus de champ libre. Alors pourquoi changer d'avis ? Quelque chose n'allait pas. Puis, se mettre sur son chemin, et chercher à démonter chacune de ses hypothèses de pistes, sans argument tangible, ne faisait qu'accroître son désir d'enfreindre cet interdit. Il était décidé à suivre sa piste, il savait que la bataille serait rude face au commissaire qui attendrait d'autres conclusions. Tarcot redescend le grand escalier central où l'activité bat son plein. Des hommes menottés accompagnés de leur gardien, montent cet escalier d'un pas lourd et mal assuré. Une jeune femme brigadier le croise et lui adresse un salut discret et semble lui parler, mais il n'y prête pas attention.

- Tiens, se dit-il, je ne l'avais jamais remarquée. Elle, semble-t-il que oui, au regard de son sympathique bonjour.

Il lui rend son sourire et pour le coup lui dit un bonjour un peu plus enjôlé qu'il ne l'aurait voulu.

- Tant pis, au moins, j'aurais volé un sourire pour ce matin qui commençait si mal.

L'inspecteur glisse ses mains dans ses poches, puis sort du 36. Il emplit ses poumons d'air frais qui lui fait un bien fou. Soudain quelqu'un l'appelle.

- Inspecteur ?... Inspecteur ?

Tarcot se retourne, c'est la jeune femme brigadier, à qui il vient d'adresser un magnifique bonjour, qui l'interpelle. Surpris, Tarcot sort ses mains de ses poches et ouvre ses bras, semblant interroger la jeune femme brigadier. Elle tend un courrier tout en courant vers lui.

- Je vous ai appelé, mais vous ne m'avez pas entendue… Ou plutôt si, dit-elle en rigolant, je vous ai dit : « j'ai une lettre pour vous », et pour toute réponse vous me criez un bonjour incroyable… Tenez, quelqu'un a déposé cela pour vous tout à l'heure.

Véritablement absorbé par la colère provoquée par le commissaire, Tarcot n'avait absolument pas entendu le brigadier lui parler. Amusée par l'attitude de l'inspecteur, la jeune femme lui adresse un sourire merveilleux. Elle lui tend la lettre depuis un moment, et l'inspecteur ne réagit toujours pas. Prenant conscience de ce que la jeune femme venait de dire, son sourire s'efface en voyant la lettre. Il tend sa main un peu comme un automate, tout se bouscule dans son esprit, l'assassin passe la vitesse supérieure, il n'attend plus, pourquoi précipiter ainsi les choses ? Il devait donc être là lorsqu'il se trouvait aux abords de la voiture. Il devait l'observer, calculer ses gestes.

Tarcot ouvre l'enveloppe, puis extrait le courrier. C'est une liste, une liste de noms, accompagnée d'un long mot. C'est bien le courrier de l'assassin. La liste de noms est complétée avec le nom de Fournier. Juste en-dessous, trois points de suspension achèvent cette liste macabre. En lisant le nom de Fournier, Tarcot a soudain un épouvantable ressenti, des frissons lui parcourent le dos. Pourquoi ce sentiment ? La jeune femme s'apprête à repartir, l'inspecteur lève le nez, puis la regarde un instant, elle a vraiment un joli regard. Tarcot lui demande si elle peut rester, il a une ou deux questions à lui poser. Le brigadier se redresse, un peu surprise, son sourire s'efface, mais disciplinée, elle attend sans broncher. Tarcot se rend compte du ton solennel employé et rassure la jeune femme.

- Oh, désolé, n'ayez crainte, je vous remercie, et désolé pour tout à l'heure, j'étais un peu perdu dans mes pensées. Mais en tout cas, merci brigadier. Dites-moi, savez-vous qui a remis ce courrier ? Est-ce vous qui l'avez reçu ?
- Non, non pas du tout, j'étais de faction autour de la voiture et quand la dépanneuse l'a enlevée je suis rentrée. C'est là que l'on m'a donnée cette enveloppe.
- Mais alors qui vous l'a remise à vous ?
- L'inspecteur Gaillard…
- Gaillard ? C'est l'inspecteur Gaillard qui vous a remis ce courrier ? C'est bien cela ?
- Non, non pas exactement. L'inspecteur est rentré juste avant moi. Il devait être à environ quinze ou vingt mètres devant moi. Et quand je suis arrivée à l'accueil, le brigadier de faction, était au téléphone. L'inspecteur tenait ce courrier à la main. Alors il m'a dit qu'il venait de le trouver sur le comptoir, et comme il y avait votre nom dessus, il me l'a donné pour que je vous l'apporte. J'ai fait tous les étages avant de vous trouver.
- Vous êtes certaine que Gaillard a ramassé ce courrier sur le comptoir ? Vous l'avez vu faire ?

La jeune femme est décontenancée devant l'insistance de l'inspecteur qui devient vraiment lourde, surtout à l'égard d'un collègue. Tarcot la rassure en lui disant qu'il s'agit de s'assurer de ne rien manquer, en ne laissant passer aucun indice. Elle se détend légèrement et retrouve son beau sourire.

- Non je ne l'ai pas vu faire. Comme je vous l'ai dit, j'étais assez loin derrière l'inspecteur, et je ne suis pas en mesure de vous dire si le courrier était sur le comptoir, ni même s'il l'a sorti de sa poche... Je le revois juste avec cette lettre dans la main un appareil-photo dans l'autre.

Tarcot est pensif, et imagine la scène. En effet, Gaillard aurait tout aussi bien pu sortir ce courrier de sa poche. Mais alors, qui le lui aurait transmis ? À quel moment ?

- Je vous remercie brigadier. Brigadier... ?
- Dutertre, Inspecteur, Brigadier Marie Dutertre.
- Eh bien enchanté Brigadier Dutertre, Marie Dutertre, je suis l'inspecteur Tarcot.
- Nous avions déjà été présentés en septembre, par le commissaire, à mon arrivée, inspecteur.
- Ah !? Mais oui bien sûr, suis-je bête, j'ai l'esprit préoccupé ces derniers temps, je me souviens désormais.
- Bon il faut dire que nous étions nombreux, il y avait l'ensemble des nouvelles recrues.
- Oui, probablement, oui. Si besoin, n'hésitez pas, mon bureau est au quatrième, sur l'aile Est.
- Merci Inspecteur, au revoir.
- Je vous laisse, ah, au fait, si vous croisez le chemin de Gaillard, vous pouvez le prévenir que je l'attends au bureau pour 10 heures.
- Ce sera fait Inspecteur.
- Merci !

Tarcot salut le brigadier, puis se dirige vers le troquet pour se prendre un bon café chaud. Il apprécie particulièrement l'ambiance de ce café parisien. Chaque heure de la journée est différente avec son lot de consommateurs. Les personnes qui s'y arrêtent, sont, en général, des habitués. Tôt le matin, les travailleurs se croisent, ceux qui débauchent de leur longue nuit de travail, dont les visages creusés et fatigués se mélangent à ceux qui, avec leur pardessus, tout fringuant, se hâtent de prendre leur petit noir ou noisette. Le midi, le café se transforme en une petite brasserie, où l'on y mange des plats du jour, simples et bon marché. L'après-midi, les flâneurs se délectent d'une pression ou d'un café, observant les passants. Des couples illégitimes complètent ce tableau, planqués au fond de la salle, assis sur une banquette rouge s'enlacent comme des adolescents découvrant les jeux de l'amour.

L'inspecteur ouvre la porte du café, d'un regard discret, il balaye la grande salle, puis il va s'installer sur un haut tabouret. Il commande un grand café crème, et au passage chope un croissant beurre, qu'il déguste avec gourmandise. Ils sont là, au fond de la salle, sans pour autant se cacher, mais peut-être, n'imaginaient-ils pas que l'inspecteur viendrait dans ce café ce matin. Que font-ils si tôt ici, leur rendez-vous n'est que dans une heure. Si tout à l'heure, il avait des doutes sur l'identité du couple, repéré par la fenêtre de son bureau, il croit désormais, dur comme fer, qu'il s'agissait bien d'eux. La jeune femme est vêtue de ce même manteau bleu. Tarcot hésite un moment sur l'attitude à adopter. Soit il fait mine de ne pas les avoir vus, alors qu'il sait que la jeune femme l'a vu, surprise – leurs regards se sont croisés un bref instant – soit il les aborde. Mais, n'ayant pas insisté, il a tourné la tête pour saluer le patron du café, il peut feindre les voir seulement maintenant. Le courrier ! Il en avait oublié la lettre que le brigadier Dutertre lui avait transmis. Machinalement il plonge sa main dans la poche de son manteau pour en sortir la lettre. De l'autre main, il saisit l'anse de la tasse, puis boit une gorgée de café brûlant. Il laisse le liquide chaud et amer couler dans sa gorge tout en inspectant l'enveloppe. Il pose la tasse, puis ouvre l'enveloppe. Il tire les deux papiers, la liste et le courrier, puis relit les quatre noms inscrits. Tout son corps est saisi d'une puissante décharge électrique.

– Fournier… Putain… Fournier, se dit-il en se redressant sur son tabouret, et manquant de renverser sa tasse.

Comment le commissaire connaissait-il le nom de la quatrième victime ? Gaillard n'avait pas eu le temps de le dire au commissaire, et lui ne l'avait dit à personne d'autre que Gaillard. Alors comment le commissaire pouvait-il connaître ce nom ? Tarcot pose la feuille sur le comptoir et il applique sa main dessus pour atténuer les plis. Puis il regarde cette liste. Le commissaire en sait bien plus qu'il ne veut le dire, mais alors pourquoi vouloir bâcler cette affaire ? Quel intérêt peut-il y trouver ? Tarcot repense à leur entrevue, houleuse, et presque incohérente. Pourquoi nier l'évidence des liens entre les victimes ? Pourquoi refuser d'admettre que, le ou les auteurs des courriers et sans aucun doute des crimes, ont clairement ce même lien ? Chaque liste de noms est complétée par une accusation formelle de crimes, de personnes dénoncées, déportées et assassinées. Le meurtrier l'écrit à chaque fois, alors pourquoi réfuter cette évidence ?

Tarcot replie mécaniquement cette liste et la glisse dans l'enveloppe, partagé entre ce sentiment de colère et d'impuissance. Mais, ce dont il est certain, c'est qu'il va continuer de creuser de ce côté. Le cas du commissaire l'intrigue, l'agace, même. Et que penser de Gaillard ? L'inspecteur se dit qu'il se fait des idées, il devient parano à soupçonner tout le monde. Il boit à nouveau une gorgée de café, songeur, il regarde cette lettre jointe à la liste. Sans la déplier, il la retourne et sur le haut, à gauche, une inscription manuscrite à peine lisible attire son attention. L'inspecteur approche le papier, et essaye de déchiffrer ce qui a été écrit au crayon de bois, puis effacé sommairement. Il est écrit « le jour où, au pied des marches, l'histoire des autres te rattrape ». Que veut dire ce message ? De quel jour veut parler ce correspondant ? De quelles marches parle-t-il ? Tarcot examine l'écriture, elle est fine, les lettres sont bien dessinées. Il ouvre le courrier et commence à lire, c'est la même écriture. Le mot commence ainsi :

– Cher inspecteur.

Amusant, se dit l'inspecteur, comme l'assassin, puisqu'il doit s'agir de cette même personne, amusant ce besoin de commencer cette lettre par ce « cher inspecteur » quand on dispose de telles capacités macabres, à croire que nous sommes intimes !

– Vous semblez piétiner, mais seulement en apparence, car vous touchez au but. Vous me dénicherez tôt ou tard. Je n'en doute pas un instant. Votre instinct vous commande de résister dans ce sens, alors foncez, n'hésitez-pas ! Ne vous laissez pas impressionner par cette lâche hiérarchie qui n'assume pas de payer ses dettes.

Tarcot se demande comment l'assassin pouvait savoir qu'il rencontrait des obstacles, à moins qu'il ne s'agisse de tout autre chose ? Comment ce courrier peut contenir ces informations, même si, jusqu'à présent, son commissaire n'a jamais montré d'enthousiasme à l'autoriser de poursuivre cette enquête. Ce n'est que ce matin, où son commissaire s'est ouvertement affiché contre la progression de son enquête ?

– Vous êtes sur le point de m'identifier, inspecteur, mais qu'importe, ma mission s'achèvera bientôt, vous serez aux premières loges, soyez-en certain. Vous êtes celui par qui le bourreau aura ma tête. Et alors ? Pourquoi vous en voudrais-je ? Vous ne m'avez rien fait, vous ne faites que votre devoir. Votre devoir, vous le faites parfaitement. Ce n'est que l'histoire des hommes qui s'est mise sur notre route à tous les deux. Vous n'avez pas idée du mal que les hommes m'ont fait. Mais je n'ai pas à me plaindre, vous en avez souffert également. Vos investigations vous guideront droit sur moi, mais pas seulement. Soyez indulgent avec cet autre homme, qui n'a fait que répondre à ma commande. Oui, il pouvait refuser ; oui, il pouvait décliner mes requêtes, mais comme tout homme sur terre, il avait sans aucun doute besoin d'expier la faiblesse bien pardonnable des siens.

Ainsi donc, ils sont au moins deux dans cette scabreuse histoire, se dit Tarcot.

– Les hommes que j'ai tués, oui c'est bien moi et moi seul, n'ont eu que ce qu'ils méritaient. La justice des hommes a failli, alors je ne fais que réparer cette impuissance, en faisant justice moi-même.

Absorbé par sa lecture, Tarcot ne voit pas que le patron échange sa tasse de café froid, par une nouvelle grande tasse de café chaud.

L'homme qui sera exécuté demain, est l'homme responsable de l'arrestation de vos parents. Vos parents qui, au péril de leurs vies, ont sauvé des dizaines de vies. Ce jour, mon frère, a également été arrêté, il faisait partie du même groupe de Résistants que vos parents. Il a été dénoncé par ce même salopard.

Tarcot ôte son Borsalino, puis, le dépose sur le comptoir. Il se passe la main dans les cheveux. Il ne se sent pas bien, subitement. Pourquoi remuer cette merde cinq ans après ? Au fond de lui, il sait que cette idée le hante depuis son retour à Paris. En province, dans la famille, au moment de l'arrestation, il se souvient de ne pas avoir eu le temps de dire au revoir à ses parents, partis à la hâte un dimanche matin. Il prenait le train dans la matinée, il ne les a jamais revus, ni entendus. Il reprend sa lecture.

- Cet homme se cache parmi vos connaissances, inspecteur. Il s'affiche en toute impunité, j'aurais dû permettre aux services de l'identifier, en le dénonçant. Mais alors, sa déchéance serait trop douce, et personne ne peut me garantir qu'il ne sauvera pas sa peau en négociant son salut par d'autres trahisons. Puis, la dénonciation n'est pas ma façon de faire, elle me répugne. En aucun cas, je ne voudrais ressembler à cette bête que je vais exécuter. Ne cherchez pas inspecteur, vous ne pouvez soupçonner une telle personnalité. Savez-vous que l'histoire de nos administrations abrite les plus grands criminels que la terre ait enfantés ? Alors, n'ayez aucun remords à me laisser terminer cette saloperie, que l'administration elle-même refuse d'assumer et répugne à avouer. Elle préfère emprisonner les voleurs à la sauvette et guillotiner les petits assassins sordides et méconnus du grand public, plutôt que de juger ses propres rangs. Ne vous méprenez pas, cher inspecteur, je n'étais pas destiné à ôter la vie des hommes, mais ceux qui ont fait la guerre en ne défendant que leur patrie non plus.

– Nos propres rangs … Nos propres rangs !

Tarcot se répète cette phrase, et comprend subitement, que le dénonciateur de tant de personnes, dont ses parents, les parents de Simon et Jeanne, et probablement le frère du tueur, est probablement un flic. Un flic proche de lui, un flic du 36, un flic capable de freiner la progression de l'enquête. Ou pouvait-il être plus haut perché dans la hiérarchie, un intouchable. Une profonde envie de vomir le saisit. Sa main tremble un peu, il dépose sa lettre sur le comptoir, le patron le regarde, puis d'un air presque autoritaire, lève son menton et lui indique de boire son café. Tarcot lui sourit faiblement, le patron se rend bien compte que ce qu'il vient de lire semble assez grave, mais discret, il se contente juste de lui rendre son sourire, puis se retourne et s'affaire à ranger ses bouteilles d'alcool. Tarcot met la lettre dans sa poche, puis prend sa grande tasse de café et boit une longue gorgée. Il ferme les yeux un instant, puis décide de faire le vide et de se remettre les idées en place. Il prend conscience que sa tasse est pleine de café au lait, et fait un signe en direction du patron qui, amusé lui rend à nouveau son signe, en imitant un ersatz comique de salut militaire. Tarcot descend de son tabouret, et se dirige, la tasse à la main vers le jeune couple. La jeune femme semble susurrer quelques mots à son frère. Le jeune homme se retourne, puis il adresse un grand sourire à l'inspecteur en lui tendant la main.

- Bonjour Inspecteur… Sommes-nous dans votre fief, Paris est donc si petit ?
- Bonjour ! Mon fief, peut-être pas… Mais oui, j'aime bien y passer prendre un crème le matin. Surtout un matin comme celui-ci. Et vous, que faites-vous donc dans le quartier ?

En disant ces derniers mots, l'inspecteur les observe tous les deux à tour de rôle. Si lui, stoïque, ne laisse rien paraître, l'inspecteur n'en dirait pas autant pour la sœur, qui semble mal à l'aise. Mais avant qu'il ne leur demande ce qu'ils font ici, le frère évalue son regard également, et d'un ton assuré, lui adresse la parole.

- Nous n'aimons pas être pris au dépourvu, et devoir courir, alors nous prenons notre temps. Mais dites-nous, quelle est toute cette agitation là-bas. Pourquoi cet attroupement ?

Visiblement il joue et ne s'en cache pas. La jeune sœur, semble s'être ressaisie, elle adresse un sourire angélique et interrogateur à l'inspecteur. Ils veulent jouer, alors jouons.

- Nous avons un nouvel assassinat, avec le même mode opératoire. Mais cette fois, le ou les meurtriers ont commis une nouvelle bourde. Du coup, nous allons pouvoir les identifier très rapidement. Nous avons une piste sérieuse.

À cette dernière information, le frère perd un peu de sa contenance et de sa superbe. La jeune femme ne bronche pas, elle reste figée avec son sourire ; quant à lui, plus nerveux, il se frotte les mains qui paraissent soudainement moites. Là, l'inspecteur marque un point, il le sait.

– Comment pouvez-vous dire qu'il s'agit d'une ou de deux personnes ? Vous avez des éléments qui vont dans ce sens ? C'est bien pour vous tout cela, n'est-ce pas ? Ça peut vous permettre de faire avancer votre enquête rapidement. Je suis curieuse d'en connaître plus. Quelle nouvelle bourde ont commis les agresseurs ? Mais cela est certainement de l'ordre du secret de l'enquête. Je m'emporte un peu, pardonnez-moi toutes ces questions indiscrètes, cher inspecteur.

La jeune femme regarde l'inspecteur avec beaucoup d'insistance, elle le taquine et visiblement se délecte de cette situation. Le frère, qui la veille, avait semblé plus sûr de lui, paraît mal à l'aise. L'inspecteur ne répond pas directement aux interrogations de la jeune femme, il se lève, il adresse un sourire convenu à la jeune femme. Il leur propose de les retrouver d'ici trente minutes au 36. L'inspecteur s'approche du bar, fait signe au patron qui s'approche. Au moment de régler sa consommation, il lui demande depuis combien de temps le jeune couple est arrivé. Le patron réfléchit un court instant, puis il affirme qu'ils sont arrivés il y a au moins une heure. L'inspecteur quitte le café, perplexe, mais content de son petit effet. Les deux jeunes gens se regardent sans rien se dire, puis enfin le frère dessert les mâchoires.

– Mais enfin qu'est-ce qui te prend, tu es folle ? Tu veux qu'on se fasse pincer avant que tout ne soit terminé ? On s'est bien mis d'accord là-dessus, le dernier est le plus important. Nous ne pouvons pas laisser tomber maintenant. Sinon ça n'aurait servi à rien, ça n'aurait aucun sens.
– Aucun sens ? Tout ce que l'on a fait jusqu'à présent a déjà un sens. Si c'était à refaire, je n'hésiterai pas un instant, je recommencerai. Sois rassuré, je ne vais pas tout faire capoter, là, maintenant, si proche du but. Il me plaît bien cet inspecteur, je sais, j'ai un peu joué avec le feu, mais ne t'inquiète pas, je sais ce que je fais.
– Ne le prends pas pour un débutant, il est peut-être jeune, mais je crois qu'il a déjà des soupçons. Ça se voit. Je l'ai senti. Il a beau être un flic, il n'est pas du même sang que ceux que nous avons connu. Je te rappelle que lui aussi a payé un lourd tribut.
– Tout à l'heure, au comptoir, il lisait bien la lettre ? Tu en es certaine ?
– Oui, je me suis même penchée pour mieux voir, et je peux t'assurer qu'il avait la liste dans ses mains. La lettre était aussi avec.
– Pourquoi l'a-t-il eue si tôt ? Il nous a pourtant dit qu'elle n'arriverait que demain !
– Je n'en sais rien Simon, peut-être a-t-il jugé que c'était mieux ainsi. Non ?

– Oui peut-être, mais à ce moment-là, ça n'aurait pas été très compliqué de nous avertir.
– Bah et toi qui me parles de ne pas prendre de risque, pour le coup ce matin, je suis certaine qu'il nous a vus par la fenêtre, j'ai cru reconnaître sa silhouette. Imagine un peu si l'autre était venu nous voir à ce moment…
– Oui sans doute. En attendant, je te demande d'arrêter de le provoquer, il va finir par te coincer, le p'tit inspecteur, par nous coincer.
– Bon tu as raison, je vais être prudente. On suit notre plan, et je vais rester sur mes gardes et ne plus le défier. Aller, viens, on y va, allons voir ce que nous veut ce cher inspecteur. Il est mignon tu ne trouves pas ?

Jeanne taquine son frère en lui pinçant la joue, il repousse sa main, puis l'attrape et y dépose un baiser.

– Je t'aime Jeanne, surtout ne sous-estime pas cet inspecteur. Si tu le trouves mignon, tant mieux pour toi. Alors, prie pour qu'il te trouve à son goût également, car au moment venu cela nous sera peut-être utile et sauvera peut-être ta peau. Il faudra que tu uses de tes charmes, parce que la fin sera triste, il n'y aura pas de place pour jouer les midinettes.

Le jeune homme appelle le barman, puis règle les cafés. Le couple se lève, décidé, il se dirige jusqu'au 36. La traction est montée sur une remorque, un mécano la fixe avec de grosses sangles. Le frère et la sœur se rapprochent du lieu du crime, ils semblent durs et froids, ils regardent la voiture s'éloigner. Penché par l'une des fenêtres du grand escalier de chêne, l'inspecteur ne perd pas une minute de cette scène.

Gaillard est assis à son bureau, derrière une pile impressionnante de dossiers. Il ne lève pas le nez quand Tarcot rentre dans la pièce.

– J'ai mis la pellicule au développement en priorité, ils nous appellent dès que c'est prêt. Ah, au fait, j'ai fait un saut à l'adresse de Fournier. Tout est ouvert, mais l'appartement est vide. Il semble qu'il y ait eu une bagarre. J'ai demandé au voisinage, personne n'a rien entendu. J'ai demandé à ce que notre équipe passe en urgence pour un relevé d'empreintes et prenne des photos.
– Parfait je te remercie, j'aimerais que tu fouilles à nouveau dans le passé des victimes. Il y a forcément un lien qui nous échappe. Quelque chose me dit qu'ils se connaissaient. Pourrais-tu aussi te renseigner sur Jeanne et Simon Zimberschtein.

Brusquement, Gaillard relève la tête et jette un regard étrange presque effrayé, comme s'il venait de voir un revenant. Le jeune inspecteur le fixe sans comprendre, puis l'interroge du regard sur cette soudaine attitude. Cela n'aura duré qu'un bref instant, Gaillard reprend une contenance plus forcée.

– Quel nom as-tu dit ? Que veux-tu savoir sur eux ?
– Jeanne et Simon Zimberschtein. Je les reçois, dans quelques minutes, au bureau. Ils ne devraient pas tarder d'ailleurs. Ça fait plusieurs fois que je les retrouve sur ma route, et je veux en savoir plus sur eux. Ce nom te dit quelque chose ?

– Non, non, je ne vois pas… Leur nom ne figure pas sur cette fameuse liste, alors je me demandais juste ce que tu leur voulais ?

Gaillard semble avoir perdu toute son assurance, il se lève précipitamment, prend plusieurs dossiers avec lui et s'apprête à quitter le bureau. Puis s'arrête juste devant l'inspecteur Tarcot, livide.

– Et bien que t'arrive-t-il mon vieux ? Tu ne te sens pas bien ? Tu peux rester, au contraire même, j'aimerais avoir ton avis sur ce jeune couple. Tu pourras toujours enquêter sur eux après.
– Non… Non, je ne vais pas trop bien, j'ai dû prendre un œuf pas très frais ce matin… Je… Je reviens, je file me passer un coup d'eau.

Quitte à le voir surpris, Tarcot dispose encore d'un petit effet de manche. Il sort la lettre de sa poche, Gaillard juste devant lui, fait mine de ne pas voir son geste. Tarcot brandit l'enveloppe devant lui et la secoue juste sous son nez.

– Je peux savoir qui t'a donné cette lettre ce matin ?
– Personne, Tarcot, personne, justement, c'est bien là le problème. Le courrier était posé en évidence sur le comptoir de l'accueil. Le brigadier de faction, n'a rien vu, au téléphone, le regard vague. Quand je lui ai demandé qui avait déposé ça ici, il m'a regardé avec son air abruti, celui-là je ne l'aime pas du tout… Mon dieu qu'il est con.
– Oui… Sans doute… Et ??
– Et bien il n'a vu personne, tu te rends compte ? Il est chargé de surveiller l'accueil, accessoirement répondre

au téléphone… Et bah, cette andouille ne peut pas faire deux choses à la fois… Je lui ai passé un de ces savons.

- Donc, moralité, on n'en sait pas plus, c'est bien ça ?
- Nada ! Rien… Quel crétin ! Quand je me suis retourné, j'ai vu un jeune brigadier, je lui demandé si elle avait vu quelqu'un sortir juste devant elle…
- Elle n'avait vu personne… C'est étrange, non ?
- Oui… Comme tu dis… C'est plutôt contrariant tout ça.

Curieusement Gaillard ne demande pas ce qu'il y a dans cette lettre. Liste ou pas, nouveau nom ou pas ? Que lui arrive-t-il ? Gaillard change radicalement d'attitude, Tarcot s'en rend compte. Gaillard agit étrangement, maladroitement comme une personne prise en flagrant délit, trop pressée de quitter ce bureau. Il redépose son paquet de dossiers sur son bureau, puis saisit sa canne, et se dirige vers la grande porte du bureau. Au moment de l'ouvrir, le téléphone sonne, Tarcot décroche, Gaillard n'attend pas et s'éclipse de la pièce. On prévient Tarcot qu'un jeune couple l'attend en bas à l'accueil. Il raccroche et bondit hors de son bureau, Gaillard est encore visible au bout du couloir, il semble avoir le diable aux trousses.

- Gaillard… Quand tu auras terminé, tu pourras descendre chercher notre rendez-vous ? Le jeune couple attend en bas à l'accueil.

Tarcot a dû hurler pour que Gaillard l'entende. Sans se retourner, il lève la main au-dessus de sa tête, pour signifier qu'il a bien entendu. Tarcot retourne à son bureau, Gaillard l'intrigue, quelle mouche le pique ? Il arrange les chaises devant son bureau, afin que le frère et la sœur puissent être assis suffisamment loin l'un de l'autre pour ne pas communiquer, même discrètement, sans que cela échappe à sa vigilance. La surface de son bureau est encombrée de dossiers. Il prend l'ensemble et le dépose en vrac, sur la table disposée derrière lui. Sur cette table, l'amoncèlement de documents, défie les lois de l'équilibre. Tarcot observe la pile qu'il vient d'y ajouter, conscient que tout risque de tomber. Il arrange quelques photos et titres de journaux, négligemment, sur le côté de son bureau. On frappe à la porte, un brigadier entre et annonce la venue de son rendez-vous. Surpris de ne pas voir Gaillard, Tarcot fait signe au brigadier de faire entrer le jeune couple. Il avance pour accueillir le couple, à peine plus jeune que lui.

– Bienvenue au 36, installez-vous, je vous en prie.

Tarcot leur désigne les chaises devant son bureau.

– Ainsi donc voici le fameux 36, et son antre prestigieux… Cher inspecteur !

La jeune sœur est véritablement belle, et déstabilisante, sa voix est envoûtante. Tarcot s'assoit derrière son bureau, il observe la sœur, amusé, puis se tourne vers le frère qui n'a pas encore prononcé un seul mot. Où est Gaillard bon sang, pourquoi n'a-t-il pas accompagné le couple jusqu'à son bureau ? Est-il donc si mal en point ? Tarcot doit y aller franco, sans détour, voir s'ils ont cette capacité à répondre aux questions qui le travaillent. Les zones d'ombre qui l'assaillent depuis la vieille doivent être clarifiées.

– Bien, je souhaitais vous voir, pour avoir votre avis sur différents points qui me tracassent un peu. Même s'il est encore un peu tôt pour affirmer que le crime de ce matin fait partie de cette série d'assassinats machiavéliques, l'enquête devrait nous le confirmer rapidement. Pour ma part, il ne fait aucun doute que tous ses crimes, dont celui de ce matin, sont liés. Nous y reviendrons plus tard, tout d'abord, j'aimerais en savoir un peu plus sur vous.

– Que voulez-vous savoir, inspecteur ?

Le frère prend la parole, d'une façon presque agressive, et se rend compte du ton employé lorsque sa sœur se tourne vers lui, un peu surprise. Il reprend plus calmement :

– Nous sommes frère et sœur, rescapés de la guerre et de ses horreurs. Notre famille a été exterminée. Trahie par des gens comme vous et moi, des voisins, des fonctionnaires. Frères et sœurs, père et mère, grands-pères et grands-mères, nos cousins, nos oncles et nos tantes. Nous n'avons plus personne, vous comprenez, plus personne de vivant. Tous déportés, enfermés comme des bêtes, torturés, massacrés. Alors, quand nous voyons qu'un collabo est supprimé, quel que soit la méthode, nous nous réjouissons de la mort de ces types.

– Même si, finalement, les méthodes ressemblent à celles des bourreaux de la guerre ?

La sœur ne dit rien, elle regarde son frère, sans laisser paraître de changement d'attitude, son visage reste stoïque. Tarcot l'observe. Elle prend la parole, calme et déterminée :

– Cher inspecteur, jamais, je crois que jamais, ces bourreaux n'auront le temps, ni la peur, de subir ce que nos proches ont subi. Enfermés comme du bétail dans des wagons d'acier, par n'importe quel temps. Certains sont morts dans ce train de la mort, congelés, lorsque le convoi traversait les plaines enneigées de l'Allemagne… Vous arrivez à imaginer ce qu'ils ont enduré, quand d'autres sont morts de chaud et d'épuisement, écrasés par le nombre de pauvres gens tassés dans ces trains de la mort. Alors vous savez, cher inspecteur, je pense que ces types n'auront jamais souffert comme les nôtres. Leurs morts semblent bien rapides et bien douces, comparées à celle des nôtres.

– Comment avez-vous pu échapper à cette déportation ? Vous n'étiez pas là lorsque vos proches ont été arrêtés ?

Ils se regardent, le frère baisse les yeux, puis se retourne à nouveau vers sa sœur, il semble lui demander de continuer de parler. Simon se retourne vers le bureau de Gaillard, puis se retourne vers Tarcot, qui surprend son regard.

– Un groupe de Résistants a pris contact avec nous. Nous étions encore chez nous, dans le 18ème, rue Utrillo, nous devions porter cette étoile jaune, et…

– Rue Utrillo ? Vous habitiez rue Utrillo ?

L'inspecteur ne parvient pas à contenir sa surprise.

– Oui, rue Utrillo, au 2 de la rue Maurice-Utrillo… Jusqu'à ce que la police française arrête notre famille, en 42. Notre habitation donnait sur les marches qui mènent à Montmartre.

– En quelle année dites-vous ?

– En 42, inspecteur…

L'inspecteur a la gorge nouée, il essaye de déglutir mais rien ne passe, sa respiration s'arrête un instant, il doit se reprendre, se ressaisir. En 42, ses parents possédaient un appartement au 8 de cette même rue. Ses parents étaient voisins, comment cette coïncidence est-elle possible ? Ce n'est pas une coïncidence. Le courrier et cette phrase à moitié effacée lui revient en pleine figure : « le jour où, au pied des marches, l'histoire des autres te rattrape ». Était-ce de cette histoire à laquelle le meurtrier faisait allusion ? Était-ce l'histoire des Zimberschtein ? Leurs histoires étaient-elles réellement liées, comme il commençait à le pressentir ? Le frère et la sœur l'observent, lui qui pensait contrôler la situation, et mener les débats, les maîtres du jeu sont en face de lui. Mettre cartes sur table, et être transparent, pour reprendre le contrôle du débat, devient son sauf-conduit pour conserver l'avantage et ne pas se noyer dans ce dédale d'informations. L'esprit chamboulé de Tarcot peine à faire la part des choses.

- Revenons à ce qui nous réunit aujourd'hui, si vous le voulez bien… Votre histoire, durant cette guerre, est terrifiante. Tout comme l'est, celle de beaucoup d'entre nous. Chacun de nous l'a payée chèrement, mais aujourd'hui nous devons essayer de survivre avec ce fardeau. Il nous faudra, à chacun, beaucoup de temps pour apprendre à vivre avec cette douleur.

Le regard de Jeanne est d'une douceur apaisante.

- Avez-vous entendu parler de ces personnes, avant qu'elles ne soient assassinées ?
- …
- Pardonnez-moi cette question qui pourrait raviver vos douleurs, pensez-vous que ces hommes aient, de près

ou de loin, pu contribuer à l'arrestation de vos proches ?

Le frère saisit l'opportunité pour se livrer un peu. Tarcot sait que la réponse à venir scellera définitivement ce mur de doute, pour laisser place à une certitude.

– Inspecteur, tout comme nous, vous savez fort bien que beaucoup d'entre eux n'ont pas encore été jugés par la justice française…

Les termes employés sur ce courrier sont dits mot pour mot, pourtant Tarcot ne les pense pas responsables, en tout cas pas directement. Une intuition le pousse à penser différemment. Mais ils tournaient autour de la vérité, sans se livrer, Tarcot s'attendait à les amener sur son terrain, il n'y parvenait toujours pas.

– Certains ont fui… D'autres se pavanent dans leurs quartiers, sans même se donner la peine de taire ou cacher leurs passés meurtriers…. Persuadés que leurs actes resteront impunis.

– Je ne le sais que trop bien, nous enquêtons aussi sur le passé de ces gens, mais vous ne répondez pas à ma question, parmi ces quatre hommes récemment enterrés, est-ce que l'un d'entre eux ou plusieurs auraient contribué à la dénonciation et l'arrestation de votre famille ?

La jeune femme croise ses jambes, puis pose ses mains sur genoux.

– Votre collègue n'est pas là aujourd'hui ? Il ne vous aide pas dans cette enquête ?

Le frère bouge nerveusement sur sa chaise, se racle la gorge, en fixant sa sœur.

– Mon collègue ? Qui ça ? L'inspecteur Gaillard ?
– Oui c'est ça, l'inspecteur Gaillard… Il n'est pas là aujourd'hui ?
– Si bien sûr, il est là, dans les locaux, il est occupé à d'autres tâches pour l'enquête. Mais en quoi cela vous intéresse-t-il ? Comment connaissez-vous son nom ?
– Nous l'avons lu dans les journaux. Il était dit que l'enquête vous était confiée à vous et à cet autre inspecteur.

L'inspecteur Tarcot se cale en arrière sur le dossier de son siège, tout en examinant ce curieux binôme. Il est persuadé que les journaux qui ont parlé de cette affaire, ont mentionné son nom, comme chargé d'enquête. Mais en aucun cas, le nom de Gaillard, ne figure sur un seul des articles écrits dans la presse. Il n'en dit rien, il va les laisser aller sur ce terrain. Que veulent-ils savoir sur son collègue ? D'ailleurs que fait-il, pourquoi met-il tout ce temps à revenir ? Peut-être est-il allé commencer ses rechercher sur ces deux étranges personnages.

– Vous ne l'avez pas vu tout à l'heure, il était censé venir vous chercher à l'accueil ?
– Ah non, du tout, c'est un homme en uniforme qui est venu nous chercher, et il nous a accompagné jusqu'à votre bureau.
– Ah oui, en effet, j'avais chargé ce brigadier de venir vous chercher…

Tarcot n'insiste pas.

– Revenons à ces quatre hommes tués. Avez-vous des raisons de penser qu'ils pouvaient être responsables de la mort de votre famille ?

Visiblement énervé, le frère décide de reprendre la conversation à son compte. La sœur le regarde, étrangement amusée de le voir s'agiter.

– Sans doute peuvent-ils avoir eu une part de responsabilité dans l'arrestation de notre famille. Sans doute. Quoiqu'il en soit, à partir du moment où, à cette période, une ordure prenait part à une arrestation, cette même ordure prenait part à l'exécution de ces personnes.
– Pensez-vous qu'il existe d'autres individus, encore en vie ? À ce rythme, ils ne doivent plus être nombreux ?

Alors que la sœur allait répondre, probablement quelque chose qui mettrait Tarcot en éveil, le frère répond rapidement.

– Nous n'en savons rien, mais il me semble que pour une telle entreprise, il faut être plusieurs. Il se peut qu'il en reste encore en vie, quelque part terrés dans un trou à rat. Qui sait, peut-être pas loin d'ici même…

Seconde allusion au courrier, alors que l'assassin affirmait que le dernier coupable se trouvait proche de Tarcot, ces deux-là en savent décidemment beaucoup plus qu'ils ne veulent le laisser croire, malgré leurs sous-entendus soufflant le chaud et le froid.

– La justice les trouvera…
– En êtes-vous certain ?
– Nous mettrons le temps qu'il faut, mais nous les dénicherons les uns après les autres, vous pouvez me

croire. Avant que je ne sois chargé de cette enquête, c'était ma principale mission.

- L'avantage c'est qu'avec cette chasse à l'homme, faite de main de maître par un quidam, se terminant par leur exécution, vous avez moins de travail.
- On peut voir cela ainsi, mais, rappelez-vous que nous sommes dans une démocratie, et que la justice est là pour régler ce genre d'affaires. La justice des hommes ne peut pas se faire sans tenir compte de la loi.
- Vous devez avoir raison, mais la justice des hommes agit de la façon qui l'arrange. Qu'a fait la justice des hommes pendant la guerre ? Elle a tu, pire, elle a encouragé les meurtres, les exactions, les déportations, les tortures, la discrimination. Nous parlons bien de cette même justice, inspecteur ?
- C'est désormais un passé, douloureux et effroyable, dont les cicatrices ne sont pas près de se refermer. Mais que faire ? Rester à ne rien faire et pleurer sur nos morts, ou avancer et punir sévèrement les hommes qui ont fait le choix d'être les collaborateurs des envahisseurs ?
- Comme vous y allez, cher inspecteur.

Jeanne arborait un sourire presque triste.

- Punir sévèrement les collaborateurs, cela consiste en quoi selon vous ? Si ces hommes sont rattrapés et finalement tués, comme ils le méritent, cela évitera bien de perdre un temps précieux, ne croyez-vous pas ? La justice pourrait leur trouver des circonstances atténuantes, et leur infliger une peine dérisoire au regard des horreurs qu'ils ont commises.

C'était le moment de savoir s'ils en savaient plus que ce qu'ils voulaient bien laisser croire à l'inspecteur. Dans la mesure où par chance, les quatre meurtres n'avaient pas été vus autrement que par des forces de police. Ainsi, quelques détails n'avaient pas fuité, tout du moins pas encore. Les conditions dans lesquelles les hommes étaient ficelés. Les hommes avaient eu la main tranchée, et cela personne ne pouvait le savoir.

– Mon boulot consiste à débusquer les malfrats et les assassins, puis de faire en sorte qu'ils soient présentés devant la justice. Après c'est à la justice de faire son travail.
– Bref, dit la sœur, une fois votre mission accomplie, vous vous en lavez les mains de savoir si ces monstres sont punis comme ils le méritent, inspecteur ! Allons, allons, nous savons fort bien comment cela se termine. Vous faites votre possible pour les débusquer, ensuite, vous rongez votre frustration, en constatant qu'un vice de forme, ou je ne sais quelle procédure d'avocats véreux, complices eux aussi, permettra à ces assassins de s'en tirer à bon compte… Tout du moins, leur laisser juste le temps pour leur permettre d'échapper à la justice française en s'expatriant en Amérique latine.

Tarcot regarde le frère et la sœur, il les sait déterminés, il ne saurait dire pourquoi, mais son instinct de flic le pousse à suivre cette piste qui le taraude depuis plusieurs heures désormais. Ils sont responsables d'une façon ou d'une autre de l'exécution de ces types.

- Quel message faut-il voir, selon vous, dans le déroulement de ces meurtres ?
- Meurtres ? Vous voulez sans doute parler d'exécutions, inspecteur ?
- Une exécution ? Non, je ne pense pas que vous ayez raison de parler d'exécution mademoiselle, il s'agit bien de meurtre. Nous ne sommes plus en temps de guerre, et aucun citoyen n'a le droit de se faire justice. Donc il s'agit bien de meurtre, malgré l'horrible personnalité des individus.
- C'est sans doute votre point de vue inspecteur, dit le frère.
- Non, ce n'est pas le mien, c'est celui de la loi, et j'ai juré de faire appliquer la loi. Et vous serez aimable de ne pas me mettre dans le même panier que ces individus qui ont déshonoré les lettres de noblesse de la police, en agissant traîtreusement pour le compte de l'occupant jusqu'en 45.

Tarcot venait d'employer un ton plus fort qu'il ne l'aurait voulu. Mais il en avait assez qu'on lui rappelle sans cesse les manigances de la police, au moment de la guerre. Comme si, il en était responsable et que les choses n'avaient pas changé depuis. Après tout, lui aussi avait morflé pendant la guerre. Simon et Jeanne restent muets quelques instants, conscients également que l'homme qu'ils ont en face d'eux, n'a rien à voir avec ceux, avec lesquels leurs parents ont eu à faire, et par qui ils ont été déportés. Tarcot se sert un grand verre d'eau, puis le vide d'un trait. Reposant son verre bruyamment sur son bureau, il regarde les deux jeunes gens, comme s'il prenait soudain conscience de leurs présences.

– Voulez-vous boire quelque chose ?

La sœur et le frère refusent poliment.

– Vous ne m'avez pas répondu. Selon vous, comment se déroulent ces meurtres ? Et quel message voyez-vous dans cette mutilation ?
– Pourquoi voulez-vous qu'il y ait obligatoirement un message dans cette mutilation ?

Bingo, se dit Tarcot. Simon venait de répondre à la hâte, sans se soucier du piège dans lequel il venait de tomber. Tarcot n'était pas mécontent de son stratagème. Il lui fallait encore appâter le gibier. Il regarde la sœur qui semble soudain blêmir. Elle se redresse sur sa chaise, Tarcot ne voit pas le geste, caché par l'imposant bureau, qu'elle adresse à son frère. Mais il doit être comme un signal d'alarme car le frère réagit immédiatement.

– Mais d'abord de quoi parlez-vous inspecteur ? À quelle mutilation faites-vous allusion ? Vous voulez sans doute parler de l'arme tirée à bout portant en pleine tête ? Après, il n'a quasiment plus de tête, selon les dires des journalistes, et alors ? En dénonçant des innocents, coupables de n'être que des Juifs, s'est-il soucié de savoir quelles parties de leurs corps allaient être mutilées ? C'est un moyen comme un autre, pour l'homme qui est en face du canon, de pouvoir repenser à tout le mal qu'il a fait. Je suis certain que ce type a dû y penser longuement, surtout si son exécuteur a pris le soin de lui expliquer le fonctionnement. Personnellement j'aurais agi de la sorte.

L'inspecteur n'insiste pas, il sait dans le regard de Jeanne qu'ils se sont bien compris tous les trois. Sans sa sœur, le frère tombait dans le panneau. Dommage. Jeanne est visiblement agacée par son frère. L'inspecteur s'en rend compte et s'en amuse un peu. S'il y a bien un terrain sur lequel il doit poursuivre c'est celui-ci, la division. Il doit chercher à les diviser petit à petit. Toutefois les dernières phrases de Simon résonnent dans sa tête. Elles fusent dans son esprit comme un aveu, dit sans remords, ni regret. Il imagine le type, aussi salaud soit-il, assis, ligoté face au canon d'un puissant fusil. Voyant l'agent de police arriver, lui, écarquillant les yeux d'effroi, poussant des cris étouffés par la dentelle, puis la poignée actionnée par l'agent, qui déclenche le mécanisme de sa mise à mort.

- On pourrait presque se dire, que cette mort est trop douce, et trop rapide, inspecteur. Ces types auraient mérité de souffrir bien plus longtemps. Une longue agonie, faite de supplice aurait été à la hauteur des horreurs qu'ils ont perpétrées, vous ne trouvez pas ?

Jeanne parle avec un calme qui désarçonne l'inspecteur. Il se lève puis se déplace jusqu'à la grande fenêtre, croise ses mains dans son dos. Finalement, il les comprend, s'il tenait ceux ou celui qui avaient trahi ses parents, qu'en ferait-il ? Faut-il du courage ou de la haine, de la folie ou de l'intelligence pour commettre de tels actes ? Les accusations écrites décrivent l'individu responsable de la mort de ses parents. Il mourra dans deux jours. Tarcot se prend à imaginer l'avoir au bout de son arme de service. Comme il serait facile d'appuyer sur la détente. Mais après ? Oui la mort serait évidemment trop douce, au regard du mal qu'il lui a fait. L'espèce humaine est folle, ce pays sort à peine d'une période effroyable, et là, il est devant un jeune couple, réchappé par miracle d'une mort assurée, pour tenter de les piéger. Car désormais, il est convaincu qu'ils sont d'une façon ou d'une autre, coupables et à l'origine de tout cela. Fixant toujours son regard par la fenêtre, Tarcot observe les allers et venues des piétons sur le trottoir, juste à l'endroit où quelques heures auparavant, un crime avait eu lieu. La vie reprend ses droits, un peu comme repousse l'herbe après un incendie. Sans se retourner, il continue de leur parler.

– Vous ne m'avez pas dit comment vous aviez pu échapper à l'arrestation, le jour où la police est venue chez vous ?

Jeanne sourit tristement à nouveau, elle regarde son frère, Tarcot ne peut que voir la silhouette de la jeune femme dans le reflet de la fenêtre. Il préfère garder le dos tourné. Il aperçoit la silhouette de Gaillard, s'éloigner sur le trottoir d'en face. Il semble pressé. Mais que fait-il donc ? Où va-t-il ? La voix de Jeanne sort Tarcot de ses pensées.

– C'est l'ironie du sort, cher inspecteur, je faisais ma forte tête. J'avais décidé que je ne porterai pas cette étoile juive sur ma veste si je sortais en ville.
– Comme d'habitude, pour ne pas changer, renchérit le frère, mademoiselle avait décidé d'aller au cinéma, moi je ne voulais pas sortir. Mais mon père ne voulait pas

que Jeanne sorte seule. Donc j'ai été obligé de sortir avec elle. Qu'est-ce que j'ai pu râler, tu te souviens ?

Simon sourit à sa sœur qui le regarde amusée, elle le taquine un peu.

- Papa m'avait même dit que si, il lui arrivait un jour quelque chose, ce serait moi l'homme de la famille, mon rôle serait d'être présent pour la famille. Et qu'aujourd'hui c'était à mon tour de sortir avec Jeanne. J'ai compris plus tard, que papa pressentait son arrestation. D'ailleurs, je l'avais entendu dire à notre mère qu'ils devaient fuir, partir loin de Paris.
- Oui Simon, je m'en souviens bien, Papa rigolait, il ne se fâchait jamais, mais il était assez persuasif.
- Là, tu as raison, ce n'était pas facile de s'opposer aux ordres de papa. Ce jour-là, papa nous a sauvés la vie en nous forçant à sortir. C'était ensemble ou pas du tout. Mais comme papa cédait toujours à sa petite Jeanne chérie …

Simon venait de prononcer ces derniers mots en prenant une petite voix fluette et moqueuse.

- Il avait prétexté qu'il voulait que l'on lui rapporte un journal en sortant du ciné.
- Donc, dit Jeanne, après le ciné, en sortant du métro, nous sommes tombés sur un contrôle de police. Nous avons juste eu le temps de faire demi-tour, en nous mêlant à la foule, nous sommes redescendus jusqu'aux quais. Mais en bas, d'autres flics attendaient en civil. Ils nous ont tout de suite repérés, mais avant qu'ils ne réagissent, nous nous sommes engouffrés dans le

métro au moment où les portes se refermaient. L'un des flics a bien tenté de forcer les portes, mais le métro repartait. Le conducteur avait l'habitude de ce genre de situation, un flic a couru jusqu'à la cabine pour faire stopper la rame. Au lieu d'obéir, le gars a accéléré, j'ai vu le flic sortir son arme, mais la cabine de pilotage disparaissait déjà dans le tunnel. Du coup, nous sommes sortis à la station suivante, nous étions au début de la rame, un barrage de flic se trouvait juste en bas des escaliers. Nous avons dû remonter les quais, pour sortir au milieu en priant qu'il n'y ait pas d'autres flics à l'extérieur. Le champ était libre, le temps de revenir à pied jusqu'à chez nous, sur les marches de la maison, ça grouillait de flics. Nous sommes restés en bas des marches, le fourgon était stationné juste à côté de nous. Nous nous sommes mêlés à la foule, nous avons vu nos parents se faire enlever. Embarqués comme des meurtriers dans ce fourgon de flics. Mon père nous a vus le premier, il nous a fait signe de ne rien dire, j'avais ma main sur ma bouche pour m'empêcher de crier. Mes yeux s'emplissaient de larmes, je ne voyais plus maman, ni mes cousins. Un autre couple que l'on ne connaissait pas, encadré par des hommes en manteaux de cuir noir, descendait les marches également. On ne les a jamais revus, nous n'avons plus jamais eu de nouvelles de notre famille.

– Par contre on a bien vu les flics en civil dans la foule, ils scrutaient partout, des fois qu'ils puissent en ramasser un peu plus encore. Les pourris ! On a bien vu ceux qui entouraient notre famille. Il y avait ceux en uniforme, et les autres. Oui il y avait aussi les autres, ceux en civil. Ceux qui, aujourd'hui ou hier, marchaient encore dans la rue, impunis…

– Nous y voilà, se dit Tarcot.

Il doit absolument vérifier sur les dossiers si les types assassinés, faisaient partie de cette police française en civil. Tarcot imagine parfaitement cette scène, toujours tourné face à la fenêtre, le cœur serré, il se dit que ses parents ont vécu la même chose. Entendre quelqu'un tambouriner à leur porte de maison, tout en hurlant un funeste :

– Ouvrez… Police !

Puis être molesté violemment, embarqué sous les yeux des voisins, comme des gangsters, alors que leur seul tort était de vouloir sauver des vies et défendre leur patrie. Mais lui, n'était pas là pour simplement les voir, leur faire juste un signe, un adieu. Soudain, le triste épisode de son histoire prend forme. Tarcot se souvient de ce que son voisin lui avait raconté. Ses parents avaient été arrêtés en mai 42, en même temps qu'une famille juive. Se pourrait-il qu'il s'agisse des parents de Jeanne et de Simon ? Il inspire profondément, puis retourne s'asseoir à son bureau.

– Quelle date m'avez-vous dit déjà ? Votre famille a été arrêtée quel jour ?
– Je ne pense pas vous l'avoir dit, inspecteur, mais nos parents et toute notre famille ont été arrêtés le mardi 12 mai 1942… En quoi cela ferait-il avancer votre enquête inspecteur ? Quels rapports voulez-vous trouver ?

Nous ne sommes pas les seuls à assister à ces enterrements, admettez-le.

Jeanne se retourne vers son frère, satisfaite de son petit effet, persuadée que son cher inspecteur commençait à rassembler les pièces du puzzle. Une violente douleur aigüe emporte les tripes de l'inspecteur. Il doit conserver son sang-froid, son sens commun professionnel doit reprendre le dessus. Le 12 mai, c'était bien le mardi 12 mai que ses propres parents avaient également été arrêtés. Par cette même police, par cette même expédition de la mort. Le voilà le lien, il est là ce lien. Le couple que Jeanne dit avoir vu descendre les marches, encadré par des flics et des membres de la Gestapo ne pouvait être que ses parents.

- En rien, en rien, je cherche à mieux vous cerner, c'est légitime, dit l'inspecteur. Mais je dois tout mettre en œuvre pour comprendre ce qui se passe dans cette affaire. Vous admettrez que, bien que vous ne soyez pas les seuls à assister à ces enterrements, vous êtes les seuls à n'en n'avoir manqué aucun.
- Nous nous sommes expliqués à ce sujet, il me semble n'est–ce pas ? Toutes ces ordures ont été à l'origine de centaines de déportations et d'assassinats.
- L'enquête nous le dira mademoiselle, mais lors de ces trois enterrements, il n'y avait pas non plus tous les survivants de cette Shoah.
- Qu'importe, cher inspecteur, les rescapés cicatrisent leurs plaies comme ils l'entendent. Vous comptez aller voir chacun d'entre eux ?

– Vous vous égarez mademoiselle. Je vous le redis, je ne suis que chargé d'enquêter sur cette série de meurtres. Pour le moment, vous êtes les seuls à vous retrouver dans ce cercle d'indices. Ce ne sont peut-être que des coïncidences, mais vous savez dans la police, les coïncidences ne font pas bon ménage avec les innocents. Mais pour le moment je ne vous accuse de rien.

Le frère se redresse sur son siège, croise ses bras sur son torse puis regarde sévèrement l'inspecteur. Jeanne continue de regarder Tarcot avec un certain amusement. Visiblement, elle ne craint rien, encore moins d'être inculpée de quoi que ce soit.

– Inspecteur, dit le frère, il y a huit ans, nos parents ont été arrêtés et assassinés pour le simple fait d'être Juifs. Alors par pitié, ne nous parlez pas d'indices ou de coïncidences. Ce ne sont que des motifs qui, en fonction de l'histoire avec un grand H, ont une signification différente. Ces prétextes servent la cause, et nous en sommes les victimes. Aujourd'hui encore, pour ces mêmes prétextes nous sommes ici assis dans ce bureau à devoir nous justifier de nos actes. Des actes de citoyens libres.

L'entretien prend une toute autre tournure ; Tarcot est partagé entre ce sentiment intime d'être en présence de personnes ayant un lien immédiat avec ces crimes et le fait qu'ils ne soient que les témoins de cette période. Il sait aussi, que le ou les criminels ne sont pas aujourd'hui dans son bureau. Eux, ont pris soin de se cacher, et de jeter dans la gueule du loup, ces deux jeunes gens. L'inspecteur éprouve de la sympathie envers eux, il aurait aimé les rencontrer en d'autres circonstances. Le visage du frère avait pris une couleur rosée, son agacement se transformait petit à petit en une sorte de violente colère, qu'il tentait de contenir.

- J'entends parfaitement que vous soyez remontés contre la police et son administration, mais en aucun cas je ne permettrais de confondre les agissements effroyables qui ont été commis, et les actions de la police aujourd'hui. Aujourd'hui, nous avons à faire à des crimes sordides, et je mène l'enquête comme je l'entends. Sans que vous soyez considérés comme suspects, je ne peux pas vous écarter de cette enquête. Vous êtes entendus au titre de témoins, tout comme l'ont été les personnes présentes aux enterrements, qui ne faisaient pas partie de la famille. Voilà tout.
- Nous doutons fort que ces personnes aient eu à subir la perte de leurs proches durant cette guerre, inspecteur.

Jeanne est soudainement plus froide, Tarcot l'écoute et l'interroge du regard.

- Vous avez remarqué comme ces individus disparaissaient de la scène au fil du temps ?
- Oui, en effet, dit Tarcot.

Il était temps de cesser ce jeu, il ne menait à rien, et après tout, qu'avaient-ils à se reprocher ? D'avoir été contacté par un inconnu, un jour, et alors ? Ils ont conservé toutes les lettres. Simon regarde sa sœur qui semble approuver du regard, l'air presque soulagé. Tarcot assiste à cet échange, impuissant, mais conscient par instinct qu'il touche au but. Il garde son calme mais, alors que Simon glisse sa main dans sa poche intérieure, Tarcot ressent une excitation extrême. Il réalise qu'ils peuvent aussi être les assassins, mais en tant que simples témoins, il n'aurait pas imaginé les fouiller. Perdu pour perdu, ils peuvent tenter un dernier coup d'éclat, un geste ultime, comme une sorte d'aveu suicidaire. Tarcot fixe la main, son arme de service est dans son tiroir, le plus naturellement du monde, il glisse sa main vers son tiroir. Le frère et la sœur ne s'en rendent pas vraiment compte. La tension est palpable, Tarcot agrippe la clé du tiroir, puis la tourne, tire dessus. Le tiroir résiste, la main du jeune homme ressort lentement de sa poche, le tiroir s'ouvre enfin, l'arme est là. L'inspecteur pose sa main dessus, la crosse froide et noire bouge légèrement. Simon sort sa main, tout en regardant sa sœur, Tarcot soulève son arme dans le tiroir, toujours invisible du jeune couple. L'inspecteur se crispe, le jeune homme sort enfin sa main du manteau, une liasse d'enveloppes en évidence. À quoi s'attendait-il ? À force de se sentir entouré par des personnes qui lui mentent, ce couple en premier, il se voyait déjà face à une arme à feu.

– Tenez inspecteur, dans ces lettres, vous verrez comment nous avons appris le nom de ces ordures. Vous découvrirez comment nos parents et vos parents ont été trahis, dénoncés et assassinés. Vous y apprendrez aussi, que les ordures qui ont été exécutées, étaient bien à la solde des Allemands pendant la guerre. Ils n'étaient pas des citoyens lambda. Ils travaillaient tous les quatre pour la police, inspecteur, pour la police française et la Gestapo.

– Que dites-vous ? C'est impossible, que croyez-vous que j'aie fait depuis tout ce temps ? J'ai enquêté, et s'ils avaient été flics, même sous l'Occupation, j'aurais fini par le savoir.
– Même s'ils avaient été des espions à la solde de l'envahisseur ?
– Vous divaguez là, vous dites n'importe quoi.
– Des personnes au-dessus de tout soupçon ? Vous croyez ce que vous dites, inspecteur ? Vous ne vous êtes pas posé la question de savoir pourquoi vous n'avez trouvé aucune trace, aucun document sur ces quatre minables ?
– À partir du moment où nous ne trouvons aucune trace d'un passé ne faisant état que de situations quelconques d'hommes sans histoire, pourquoi irais-je chercher ailleurs ?
– Cher inspecteur, prenez ces courriers, mettez le temps qu'il faut, mais vous y trouverez toutes les réponses aux questions que vous vous posez. Des individus au passé soi-disant limpide, vont s'avérer être les pires ordures de cette guerre, inspecteur.

L'inspecteur saisit le paquet d'enveloppes, le regarde un instant puis le dépose sur son bureau. Il se cale au fond de son siège puis scrute le frère et la sœur. Même si les victimes n'étaient pas forcément connues des services de police, l'inspecteur allait vite dénicher des informations assez terrifiantes sur eux. Leurs passés récents, et leurs activités sordides avec l'occupant, sans pour autant avoir été pénalement jugées, ne laisseraient aucun doute, sur les horreurs qu'ils avaient pu commettre. Curieusement, ces types étaient passés au travers des mailles du filet de la justice un peu expéditive, au lendemain de la guerre. Qui pouvait avoir intérêt à faire disparaître les dossiers de ces types ? Pourquoi le cacher et soustraire à la justice cette vérité ? Soudain, lui revient en tête, cette phrase où l'assassin affirme que celui qui est responsable de la mort de ses parents est un proche. L'administration cache les plus grands criminels de guerre. Tous ces mots se bousculent dans sa tête, il doit prendre connaissance de ces lettres. Prendre le temps et laisser son instinct faire le reste.

- Puis-je conserver quelque temps ces lettres ?
- Elles sont à vous inspecteur, dit la sœur, faites-en ce que bon vous semble. Elles nous ont été utiles, grâce à elles nous avons pu identifier les meurtriers de nos parents, en mettant des visages à la place des noms, nous avons pu atténuer notre colère, notre désir de vengeance.
- Connaissez-vous le nom de la dernière victime ?
- Ah, cela inspecteur, c'est à vous de le découvrir, n'oubliez pas que ce salopard a tué vos parents et notre famille. Aujourd'hui, il vit encore, mais après-demain il sera mort. L'auteur de ces lettres ne laisse aucun doute sur sa détermination. Il ira jusqu'au bout.
- Connaissez-vous cet homme, celui qui vous a écrit ?
- Nous nous en doutons un peu inspecteur, mais n'allez pas imaginer que l'on vous le livrera, pas maintenant, si proche du but.

– Vous savez qu'en faisant cela, vous vous exposez à des risques de poursuites pour entrave à la justice ?
– Inspecteur, si vous me reposez cette même question, je vous dirai que je n'ai aucune idée de qui peut être cet homme. Alors à quoi bon.

Tarcot regarde la jeune femme, qui assume pleinement ce qu'elle vient de dire. À quoi bon les menacer, il semble qu'ils ne parleront pas. Ni l'un ni l'autre. L'inspecteur se lève, le tiroir de son bureau encore ouvert laisse entrevoir son arme.

– Bien, dit-il, je crois qu'il me reste pas mal de boulot encore. À commencer par cette lecture.

Tarcot désignait du menton le tas de lettres posé sur son bureau.

– Je vous raccompagne !

Le frère et la sœur se lèvent, Tarcot saisit le tas de lettres, par méfiance, il les glisse dans son tiroir qu'il repousse et ferme à clé. Il prend la clé et la met au fond de sa poche. Il les précède puis ouvre sa porte, et les invite à le suivre. L'heure a avancé si vite, il va être 11 heures, et toujours pas de nouvelles de Gaillard. Ensemble, dans le grand escalier central, ils descendent sans un mot, Tarcot brise ce silence.

– Vous faites quoi comme activité professionnelle ?
– Je suis musicienne, inspecteur, je suis pianiste, je donne des cours au Conservatoire. Vous aimez la musique ?
– Euh … Je dois vous avouer, j'adore la musique, mais je ne saurais pas par quel bout prendre un piano pour en sortir une seule note.

- Ah oui, je vois, ce n'est pourtant pas très compliqué, certains y parviennent sans même connaître un seul arpège.
- Vous vous moquez de moi là…
- Oui, un peu, inspecteur. Mais à l'occasion, si le cœur vous en dit, venez au Conservatoire, j'y donne un petit récital le mois prochain. Je vous ferai envoyer une place, voulez-vous ?
- Oui, pourquoi pas, vous jouerez quoi ?
- Du Schubert, vous verrez c'est très agréable. Et on n'est pas obligé d'être musicien pour en apprécier son harmonie.
- Et vous ? Que faites-vous comme métier ?
- Je tiens une petite librairie, inspecteur. Notre père tenait cette librairie, après 45, lorsque nous sommes revenus, nous avons bataillé ferme pour récupérer ce bien.

Le trio arrive au niveau des arches, le soleil brille, il fait bon, Tarcot lève son visage et se chauffe au soleil. Mille questions lui viennent en tête, mais à quoi bon.

- Lorsque vos parents ont été arrêtés, qu'êtes-vous devenus ?
- Vous êtes insatiable inspecteur, dit-elle en souriant. Notre appartement était envahi de policiers, nous avons attendu, cachés jusqu'à la nuit. Des flics en civil faisaient le guet. Nous avons dû attendre jusqu'à plus de minuit. Ensuite, nous sommes rentrés chez nous en passant par l'escalier de service, qui donnait sur l'arrière-cour. Arrivés à notre appartement, nous étions

attendus. Nous avons cru être perdus. Un couple était planqué dans le noir. Ils étaient là pour nous aider à nous enfuir.

– Comment cela ? C'était des voisins ? Des Résistants ? dit Tarcot.
– C'est très simple, vos parents avaient organisé notre fuite. Seuls nos parents étaient au courant. Nous avions bien entendu quelques bribes de conversations, mais nos parents se taisaient lorsque l'on rentrait dans la pièce…
– Non pas qu'ils ne nous faisaient pas confiance, dit le frère.
– Non bien sûr, dit-elle, bien sûr qu'il ne s'agissait pas d'un manque de confiance, mais moins ils en parleraient, et moins ils prendraient le risque que cela s'ébruite. Les murs avaient des oreilles. Nous avions déjà surpris la voisine en train d'écouter à notre porte, alors, oui, ils avaient raison de se méfier. Donc ce soir-là, ayant appris l'arrestation de nos parents, mais pas la nôtre, des membres du groupe de vos parents, ont risqué leur peau pour nous faire sortir de la ville. Ils ont organisé notre fuite, voilà tout. Sans ces gens, nous serions probablement morts. Nous leur devons la vie, inspecteur, notre salut nous le devons à vos parents, ils avaient tout organisé juste avant leur arrestation.

Jeanne s'approche de l'inspecteur et lui prend la main, puis la serre affectueusement. Tarcot ressent une chaleur étrange l'envahir.

- Nous avons des liens de sang, cher inspecteur, c'est pour cela que nous devions vous apporter ces lettres, mais ne nous demandez pas de stopper cet homme en le dénonçant. Au nom du courage de vos parents, vous ne pouvez pas nous imposer cela… N'est-ce pas ?
- … Je ne vous le demanderai pas Jeanne, ni à vous Simon, nous partageons cette même douleur depuis longtemps. Comprenez bien que mon métier, qui est de faire la chasse aux malfrats et aux tueurs, ne pourra pas s'arrêter là. Fussent-ils les assassins de nos parents, je ne peux pas les laisser se faire assassiner sans tenter de stopper cette spirale.
- On ne vous demande pas non plus d'arrêter vos investigations inspecteur, mais ne nous demandez pas l'impossible.
- Bien, je dois vous laisser, j'ai encore beaucoup de paperasses à me coltiner. Merci pour votre collaboration.

Tarcot serre la main de Jeanne, elle le fixe dans les yeux. Il ne se prive pas pour plonger les siens dans le bleu profond et clair de son regard. Simon salue l'inspecteur rapidement. Le jeune couple s'éloigne vers les rives de la Seine, Tarcot les observe s'en aller, il ne peut s'empêcher de se dire qu'ils détiennent sans doute la vérité, ou une bonne partie. Mais comment agir ? Il est tiraillé entre ce désir d'accomplir sa mission, débusquer et arrêter cet assassin, et celui de laisser cet homme faire justice en supprimant ces hommes. Le couple s'arrête, le frère passe son bras autour des épaules de sa sœur, qui semble se blottir contre lui, Tarcot les trouve touchants. Ils se retournent tous deux en direction de Tarcot. Le couple fixe l'inspecteur, confrontation, provocation, apaisement ? À cette distance, l'inspecteur ne parvient pas à en déterminer le sens. Cette situation lui assène la même sensation que la veille, lorsqu'il s'était retourné, persuadé d'être observé. Chacun pris à part, semble inoffensif, mais lorsque Tarcot les voit là, devant lui, dans cette posture, il les considère soudain plus comme coupables que victimes.

L'inspecteur décide de retourner à son bureau pour remettre au propre toutes les informations qu'il a pu recevoir lors de cette audition. Puis il lui faudra lire les lettres et reconsidérer ses notes en fonction des informations transmises par le couple. Il devra recouper cette masse d'informations, avec l'ensemble des documents stockés depuis le début de cette enquête. En gravissant les marches, perdu dans ses réflexions, il bute dans le jeune brigadier. Elle lui adresse un sourire, l'inspecteur lui rend son sourire, puis il lui vient une idée. Un regard neuf et novice pourrait peut-être avoir une répercussion positive sur cette affaire. Puis, Gaillard restant introuvable, un second, pour l'aider dans cette tâche, ne serait pas de trop.

- Brigadier Dutertre, si vous êtes disponible, que diriez-vous de me donner un coup de main cet après-midi ? J'ai besoin d'un regard neuf sur une affaire.
- Je ne demande pas mieux inspecteur, mais il faudrait demander à mon chef.
- C'est qui votre chef ? Je vais l'appeler…

- C'est le brigadier-chef Lancel, mais si vous avez besoin, je n'ai rien de prévu dans l'immédiat, avec l'affaire de ce matin, tout a été modifié.
- Ah Lancel, je le connais bien, je vais l'appeler tout de suite, et si vous pouvez vous rendre dispo tout de suite, on monte à mon bureau maintenant ?
- Oui parfait, ça me changera, puis vous savez je prépare le concours d'inspecteur, alors, ça pourra peut-être me servir…
- Eh bien, si à l'avenir vous avez besoin d'aide, il ne faudra pas hésiter, brigadier… On pourrait peut-être laisser tomber les titres et s'appeler par nos prénoms ?
- Ah bah…. Oui, pourquoi pas, si vous préférez… Mon prénom c'est Marie, et vous c'est bien Jean n'est-ce pas ?
- Oui c'est Jean, malgré ma petite tête, je me souvenais bien de votre prénom Marie, dit-il en riant, on y va ?
- Allons-y !

Le binôme gravit les marches rapidement, et arrive jusqu'au bureau. Au moment d'entrer dans son bureau, le téléphone sonne, Tarcot décroche un peu essoufflé.

- Oui, j'écoute !
- Inspecteur Tarcot ?
- Oui, qui est à l'appareil ?
- Brigadier Stevenin, de l'accueil, inspecteur. L'inspecteur Gaillard, vient d'appeler, il ne se sent pas bien, il est rentré chez lui. Mais il me fait dire qu'il a pris des dossiers pour bosser. Il est joignable à son domicile, si besoin.

– Merci Brigadier, merci … Ah dites-moi, savez-vous où est Lancel ?
– Ah oui, justement il s'apprête à partir, je vous l'appelle ?
– Oui, s'il vous plaît !

L'inspecteur entend le brigadier appeler Lancel, expliquer brièvement les raisons de son appel, puis une suite de pas lourds jusqu'au comptoir de l'accueil.

– Allo oui, inspecteur ?
– Oui Lancel, dites-moi j'ai besoin des services de votre brigadier Dutertre, jusqu'à ce soir, est-ce possible de me la détacher ?
– … Nous partions avec l'équipe pour sécuriser la sortie nord du Pont-Neuf, il y a un carambolage… Alors bon ça devrait le faire inspecteur…
– Merci Lancel, à charge de revanche, hein ?
– Boah… Une bonne bière et on sera quitte inspecteur, allez je file !
– Merci au revoir !
– Affaire réglée, dit-il en raccrochant le téléphone. Asseyez-vous Marie, asseyez-vous, voilà je vous donne un bref aperçu de la situation, je vous présente l'ensemble des éléments, je vais avoir besoin de votre avis, sur cette affaire. Avant de vous faire une idée sur cette affaire, je souhaite que vous vous imprégniez de toute l'histoire. Ensuite, je vous dirai ce que je sais, toutefois sans vous donner mon opinion.
– J'espère être à la hauteur, inspecteur, il y a un sacré paquet de documents à lire.

– Jean… On est d'accord, appelez-moi Jean.

– Bien inspec… Jean.

La jeune femme commence à éplucher les dossiers, puis opte pour une méthode de classement différente de celle de Tarcot. Plongé dans la lecture des lettres transmises par le frère et la sœur, l'inspecteur ne prend pas le temps de s'interroger sur le travail du brigadier. Toutefois, à un moment, la jeune femme lève le nez de la montagne de dossiers, puis suggère d'aller acheter des sandwichs, il va être bientôt 13 heures 30 et leurs estomacs commencent à crier famine.

– Vous avez raison Marie, faisons un petit break… Venez, je vous emmène dans un bistrot juste à côté, où dit-on, on y fait les meilleurs parisiens de la rive. Ça vous tente ?

– Plutôt deux fois qu'une, je suis debout depuis 5 heures, et mon petit-déjeuner est vraiment loin.

Tarcot glisse les lettres dans une chemise, puis prend soin d'enfermer tout le dossier de son armoire avant de quitter son bureau. Intriguée, la jeune femme lui demande pourquoi il s'entoure d'autant de précautions ? L'inspecteur prend un peu de temps avant de lui répondre. Puis en descendant les marches, il se dit que s'il a décidé de confier l'avancée de ces recherches à cette jeune recrue, il valait mieux accepter de lui faire confiance. Tarcot lui fait part de ses doutes en lui parlant du dernier courrier reçu. Son auteur affirme que la prochaine victime, responsable d'innombrables déportations, et probablement de la mort de ses parents, était un proche. Il ne voit personne de sa famille, susceptible d'avoir eu des activités semblables pendant la guerre. Même si la guerre a permis à de nombreuses personnes de commettre les pires choses, et d'adopter un comportement animal, il était loin d'imaginer « tonton Fernand » se transformer en monstre. Tarcot affirmait cela avec un sourire un peu contraint. Par contre, en ce qui concerne son entourage professionnel, il n'avait pas les mêmes certitudes. La jeune femme ralentit un peu, puis regarde l'inspecteur, surprise. Tarcot s'arrête, ils ne sont plus qu'à une dizaine de pas du bistrot. Il se retourne vers la jeune femme, qui, choquée l'examine. Il lui rappelle, qu'il n'y a pas si longtemps que ça, des policiers arrêtaient, séquestraient, torturaient et fusillaient, au nom du gouvernement, sous domination certes, mais tout de même. Certains de ces flics n'avaient pas été débusqués. Et il ne parlait pas des « petits » flics. Il parlait des grosses pointures, de certains cadres qui, comme par miracle, étaient passés hauts-fonctionnaires de l'État. La jeune femme était consciente de cela, on le lui rappelait suffisamment chaque jour, lors d'interpellation ou simplement au cours de repas de famille. Tarcot avait l'impression d'entendre les Zimberschtein prononcer ses propres mots. Soudain, il se fige, surprenant le brigadier. Un horrible pressentiment lui saute au visage. Il se décompose littéralement devant la jeune femme qui prend peur, et met cela sur le dos d'un léger coup de fatigue.

– Allons manger, inspecteur, vous avez une mine qui fait peur. Si vous tombez là, je ne pourrais pas vous ramasser.
– Vous avez raison brigadier… Allez venez, c'est ma tournée, je vous dois bien cela.

- Vous rigolez… Je suis trop heureuse de pouvoir travailler sur une enquête.
- Eh bien disons qu'aujourd'hui, c'est moi qui vous invite, si vous l'acceptez.

Tarcot est ailleurs, comme vidé de sa substance, peut-être que la faim jouait en sa défaveur, ce qui est certain, c'est que l'hypothèse qu'il venait de faire, le mettait tout droit sur la piste de l'assassin de ses parents. Il en avait la conviction. Ils reprennent la direction de la petite brasserie, il va bientôt être 14 heures, les tables se vident tranquillement, tant mieux ils seront plus au calme, se dit Tarcot. Le patron leur propose le menu du jour, « un petit salé aux lentilles » avec un quart de rouge. Après tout, ça serait toujours mieux qu'un sandwich, même s'il avait perdu son appétit, bloqué par cette boule au ventre, provoqué par ce qu'il venait de comprendre. À ce stade de l'enquête, il ne voit pas d'autres pistes. La jeune femme se laisse également tenter par le plat du jour, mais sans le quart de rouge. Tout en mangeant, ils parlent tous deux de ce qu'ils avaient pu lire et intégrer au travers de toutes ces pages du dossier. Curieusement, alors que Gaillard avait épluché l'ensemble du dossier sans y relever de coquille, la jeune femme avait rapidement identifié des incohérences. Ce que Gaillard n'avait pas fait encore. Tarcot était déçu de son attitude depuis le début de l'affaire. Lui, qui d'habitude faisait avancer les affaires à grands pas, par sa seule capacité à analyser des points, les unir ou les fractionner, pour en faire une synthèse originale. Depuis le premier meurtre, il n'avait fait preuve d'aucune initiative. C'était inhabituel et décourageant. Il faudrait qu'ils en parlent, mais là il avait en face lui, une jeune femme pleine d'élan et d'idée, qui allait certainement lui permettre de remettre le pied à l'étrier. Même si l'avenir s'annonçait scabreux, il allait, sans aucun doute, devoir en informer le divisionnaire. Il n'en menait pas large. Cette pause-déjeuner leur fut salutaire à tous deux. Ils retournèrent au 36, il faisait doux et bon, l'inspecteur échafaudait des hypothèses, que le brigadier démontait. La jeune femme avait pris la mesure du dossier assez rapidement, elle en maîtrisait même plusieurs facettes, en évoquant les nuances, entre les courriers programmés, au moment du meurtre, et ceux qui arrivaient le lendemain, affirmant l'identité de la victime. Puis, cette longue lettre arrivée aujourd'hui, qui ne faisait qu'un résumé, où l'auteur se justifiait, tout en cherchant à démontrer que son acte n'était qu'un juste retour des choses. La jeune femme s'interrogeait sur l'identité du meurtrier, en se demandant tout haut, ce qu'il avait lui-même probablement subi, durant cette guerre, pour en arriver à de tels excès. Rares étaient les familles qui n'avaient pas à déplorer de mort durant cette dernière guerre. Mais, il n'était pas nécessaire de chercher bien loin, le meurtrier, autoproclamé justicier, avait forcément un lien avec l'inspecteur, ou ses parents et les Zimberschtein. Tarcot savait que ses parents faisaient partie d'un réseau de Résistants, opérants pour des missions de sabotages, mais en découvrant qu'ils encadraient un groupe chargé d'exfiltrer des familles en danger, le cercle des personnes qui pouvaient se sentir concerné par le courage de ses parents, s'agrandissait considérablement.

Ils rejoignent le bureau, mais au moment de se mettre à la minutieuse tâche du décryptage des messages, Tarcot demande à Dutertre de ne rien toucher. Visiblement, quelqu'un est entré dans son bureau et a fouillé un peu partout. Tarcot regarde immédiatement en direction de l'armoire, où, une heure auparavant, il avait rangé l'ensemble des documents. La porte a été forcée. La colère emporte Tarcot, il ouvre la porte à toute volée. Les dossiers sont là, mais ils ont été déplacés. Il manque une chemise, la bleue, Tarcot soulève les dossiers, elle n'est plus là. Il saisit tout le dossier, puis le pose sur son bureau, complétement excité. Il ne cesse de lancer des :

– Nom de dieu de nom de dieu, à tout bout-de-champ.

Durtertre qui, au début reste interdite, se bouge soudain. Elle bouscule à demi Tarcot, puis retourne les dossiers, les uns après les autres. La chemise bleue n'est plus là. Celle qui contenait les lettres que le frère et la sœur avaient remises à Tarcot le matin même. Son sang se vide, non pas parce que ce dossier a disparu, mais parce qu'ici, dans le sacro-saint 36, un voleur, un traître circule librement dans les couloirs. Dutertre raisonne à la vitesse de l'éclair, les images se bousculent, fusent dans son cortex.

– Qui peut avoir accès à votre bureau inspecteur, sans éveiller de soupçon ?

– ….

Tarcot s'assoit derrière son bureau sans rien dire, l'esprit vide.

– Qui, ici au 36, serait assez connu pour se balader dans les bureaux, et le vôtre en particulier, sans que cela ne choque personne, inspecteur ? Qui pourrait se payer le luxe de faire ça, selon vous ?

Tarcot reste silencieux, mais il sait déjà qui peut se le permettre, c'est ce qui le taraude depuis ce midi. Il écarte Gaillard, il est parti chez lui, enfin c'est ce qu'on lui a dit.

- Vous le savez, et je crois que je le sais aussi inspecteur…
- Vous avez raison Marie, vous avez raison, je suis arrivé aux mêmes conclusions que vous.

Tarcot repense à ce que Dutertre venait de dire, il y a quelques minutes à peine. En réfléchissant tout haut, elle émettait des hypothèses, écartait des pistes. Si au début ça l'irritait un peu, il se disait qu'il aurait mieux fait de rester seul, pour mieux réfléchir, les phrases résonnaient dans sa tête, un peu comme des messages subliminaux.

- Le meurtrier avait forcément un lien avec lui, ou ses parents, et probablement avec les Zimberschtein.

Soit le meurtrier avait eu à subir la perte de ses proches par les agissements de cette potentielle cinquième victime, ce qui rendait le meurtrier un peu plus humain aux yeux de Tarcot, soit il avait perdu la raison en faisant justice au nom de sa propre loi.

- Inspecteur, ce que j'ai pu lire des lettres, avant d'aller déjeuner, c'est que les Zimberschtein les recevaient vingt-quatre heures avant que l'assassinat ne soit commis. C'est dingue, ils savaient vingt-quatre heures à l'avance le nom de la personne qui allait être tuée. Ils sont considérés comme complices, n'est-ce pas ?

Vingt-quatre heures avant ? Comment ce détail a-t-il pu échapper à Tarcot ? C'est pourtant bien eux, qui lui ont remis ces courriers, conscients que l'inspecteur verrait cela rapidement. En l'occurrence, cela lui avait échappé. Il se félicite intérieurement d'avoir sollicité l'aide de ce brigadier. Un peu orgueilleux pour reconnaître que ce détail lui avait échappé, il préfère continuer sur le terrain de la responsabilité et de la réalité des choses.

– Marie, il y a ce que nous apprend l'école de police, et il y a ce que l'on voit chaque jour sur le terrain, et croyez-moi, c'est bien souvent totalement différent. L'histoire des gens et la terrible douleur qu'ils ont subie, pourraient à elles seules expliquer leur attitude, en l'occurrence leur silence.
– Vous ne les inculpez pas ? Mais ils doivent forcément connaître le nom de la future victime ?
– Je ne les inculperai pas brigadier, nous leur avons fait suffisamment de mal comme ça. En ce qui concerne le nom de la future victime, je pense tout comme vous, qu'ils le connaissent. Mais ce n'est pas faute de le leur avoir demandé. Même la menace d'une garde à vue n'a eu aucun effet sur eux. Puis, rien ne prouve qu'ils connaissent ce nom.
– Mais, ça paraît quand même assez évident, inspecteur.
– Oui, brigadier, j'en suis conscient. Tout comme vous, je suis conscient qu'ils n'étaient pas obligés de nous transmettre ces courriers. Vous savez, malgré ces assassinats qu'ils appellent « exécutions », ce doit être finalement un très lourd fardeau à porter.

- Vous devez avoir raison, je ne suis pas là non plus pour les juger, je me disais juste que quatre meurtres, c'était déjà beaucoup.
- Puis, vous savez, ce nom, nous le connaissons désormais tous les deux, n'est-ce pas ?
- Oui, inspecteur. Comment allez-vous faire ?
- Bah … Je vais tout faire pour le protéger, je vais d'abord aller voir le divisionnaire, je n'ai plus le choix. Vous pouvez rassembler le dossier et le ranger par chronologie. Je vous laisse faire.
- Oui inspecteur, je m'en charge, je vais aussi noter ce que nous venons de dire, ça pourra nous aider je crois.
- Oui parfait, faites cela, toutefois n'inscrivez pas le nom de la future victime, j'en fais mon affaire, il ne faudrait pas que vos notes tombent dans de mauvaises mains. Installez-vous sur le bureau de Gaillard, vous y serez plus à l'aise.

Tarcot quitte son bureau, il sait que le temps lui est compté. Le tueur a annoncé la couleur, demain la cinquième victime sera exécutée. Mais pour l'exécuter, il faudrait déjà l'avoir enlevée, et cela il fera tout pour l'éviter. En arrivant devant la porte du bureau de son divisionnaire, il sait que là il s'apprête à tout mettre en œuvre pour sauver la vie du bourreau de ses parents. Un goût amer envahit sa gorge. Le devoir avant tout, il frappe à la porte, personne ne répond, il insiste, une voix de femme lui dit d'entrer. Il ouvre la porte, et se trouve nez à nez avec la secrétaire du divisionnaire. Son « *big* » chef n'est pas là, parti en rendez-vous extérieur. Merde se dit-il, comment allait-il faire ? Il n'avait plus beaucoup de temps devant lui, et pas beaucoup d'alternative pour informer son divisionnaire de la situation, peut-être qu'il pourra le joindre avant la fin de la journée. Tarcot fait en détour jusqu'au bureau de son commissaire, il est impératif qu'il le voie également. La porte de son bureau est grande ouverte, c'est étonnant. L'inspecteur penche la tête, la pièce est vide. Alors, juste avant de pénétrer dans le bureau, il s'assure que personne ne le voit faire. Le couloir est vide, son rythme cardiaque s'accélère, mais il doit en avoir le cœur net. Il repousse la porte, puis glisse une chaise derrière, au cas où. Il se dirige vers la porte qui donne sur un ancien bureau désaffecté, il entrouvre la porte, avance sa tête, la pièce est également vide. Alors il se dirige vers le bureau du commissaire puis examine méthodiquement tout ce qui s'y trouve. Il soulève dossier après dossier, fait glisser les feuilles entre ses doigts. Il ne sait pas ce qu'il cherche, mais il sait ce qui le pousse à le faire. Il n'y a rien qui puisse éveiller plus sa curiosité. Tarcot, regarde autour de lui, la grosse armoire ne semble pas fermée, il ouvre une porte qui, forcément grince à faire trembler les murs du 36. Il s'apprête à fouiller les étagères quand des pas s'approchent dans le couloir. Quelqu'un actionne la poignée de la porte. Tarcot laisse la porte de l'armoire en l'état, puis fonce aussi discrètement que possible vers l'ancien bureau. Il s'y engouffre au moment où il entend la chaise, qu'il avait mise derrière la porte être bousculée. Les pas semblent faire le tour de la pièce, vont et viennent, puis un léger silence, et à nouveau des pas suivis du grincement de la porte d'armoire qui se termine par un clac sonore. Les pas s'éloignent et Tarcot entend la porte du bureau se refermer. Il est tapi le long du mur, bloquant quasiment sa respiration, c'est un comble, lui le flic, il a failli se faire prendre en flagrant délit d'intrusion dans le bureau de son commissaire. Quelle justification aurait-il donnée s'il avait été surpris ? Il regarde la pièce où il se trouve, elle est plus vaste que dans ces souvenirs. Des piles de vieux dossiers croulent sous la poussière. On ne doit pas souvent venir ici. Toutefois, un tas de documents attire son attention. Là, juste sur le côté, il s'approche puis regarde de plus près. Il feuillette prudemment le paquet de dossiers, soudain son cœur se crispe : sous ses mains, la chemise bleue. Celle qui avait été subtilisée lors de leur pause repas, celle où il avait juste inscrit les initiales du frère et de la sœur « S.J ». Il la saisit puis l'ouvre, elle est vide, elle ne contient plus aucune lettre. Alors, presque hargneusement il soulève les autres piles de feuilles, il ne trouve rien. Il fouille méthodiquement, mais les lettres ne sont pas là. Il repose la chemise à l'endroit où il vient de la trouver. Prudemment, il ressort du bureau, traverse celui du commissaire, attend un peu, puis écoute. Il semble ne pas y avoir de bruit. Il ouvre la porte, risque un œil, le couloir est vide. Il sort puis retourne à son bureau. Affairée dans les dossiers, le jeune brigadier relève la tête, le visage pâle.

- Le commissaire a disparu… Il était attendu, mais personne ne sait où il se trouve… On vient juste de vous appeler, je me suis permise de répondre au téléphone…
- Vous avez bien fait brigadier, vous avez bien fait…
- Vous avez pu parler au divisionnaire ?

Devait-il dire au brigadier ce qu'il venait de découvrir confirmant leurs soupçons ? Au risque d'induire une déduction trop hâtive du brigadier. La présence des documents dans le bureau du commissaire s'expliquait-elle ? L'inspecteur a du mal à en déduire une autre raison rationnelle.

– Non, il n'était pas là…
– Ah mince, comment comptez-vous faire ?
– Voyant que le divisionnaire n'était pas là, je suis passé voir le commissaire.

Le brigadier ouvre de grands yeux et s'approche, visiblement impatiente d'en savoir plus.

– Il n'était pas là non plus.
– Oui, vous ne pouviez pas savoir qu'il avait disparu !

Pour le coup, elle paraît véritablement perplexe.

– Ce n'est pas tout, Marie, ce n'est pas tout. J'ai fait une découverte affligeante.

Le brigadier retrouve immédiatement son attitude nourrie par la curiosité.

– C'est-à-dire ? Vous avez retrouvé les lettres ?

Tarcot est tout d'abord surpris, puis impressionné par l'instinct de la jeune femme. Il passe sous silence l'épisode de sa planque dans le bureau désaffecté.

– Pas exactement, j'ai retrouvé la chemise bleue, celle qui nous a été dérobée, mais elle était vide. Les lettres n'y étaient plus. Selon toute apparence, c'est bien le commissaire qui a visité mon bureau ce midi.
– … Que comptez-vous faire inspecteur ? C'est plutôt délicat, surtout si le divisionnaire n'est pas là.
– Surtout si c'est bien lui qui est la prochaine victime. Mais là, dans l'immédiat, on ne peut rien faire, car

comme vous venez de me le dire, il est introuvable, il semble qu'il soit aux abonnés absents.

– Vous ne croyez pas que l'on se trompe, quelque chose a pu nous échapper. C'est tellement insensé, cette histoire.
– Malheureusement non, sans nous concerter, nous sommes arrivés à la même conclusion. Et ça, ça ne trompe pas, arriver au même résultat en ayant pris soin de ne pas en parler ensemble, ne peut vouloir dire qu'une seule chose, la dernière victime est le commissaire. Reprenons le dossier par le début, peut-être que l'on trouvera un indice qui nous a échappé. Ça nous permettrait d'identifier le meurtrier justicier.
– C'est la première fois que vous l'appelez comme ça… Meurtrier justicier. Personnellement, même si ce type est un meurtrier, il ne tue que des hommes qui ont commis des actes horribles et qui ne méritent aucun pardon.
– Je pense la même chose que vous Marie, mais nous devons faire respecter la loi, et confier ce meurtrier à la justice.
– J'aimerais aussi comprendre par quel biais nous sommes arrivés à ce nom ?
– Quelque chose me chiffonne, j'ai le sentiment que tout est subitement trop simple. Ou alors, on nous aurait mis volontairement sur une mauvaise piste. Qu'est-ce qui nous prouve que c'est bien lui qui a subtilisé notre dossier ?

– C'est clair que n'importe qui aurait pu le prendre, et déposer cette chemise bleue dans son bureau pour lui faire porter le chapeau.
– Ou simplement nous écarter du vrai coupable…

Tout en reprenant le déchiffrage systématique, l'inspecteur ne croyait pas un mot de ce qu'il venait de dire. Il ne pouvait tout de même pas dire au jeune brigadier, que là, son souhait le plus cher serait d'avoir ce salopard au bout de son arme de service, il ne ferait pas de quartier. Et qu'un homme se soit chargé de cette sale besogne n'était finalement pas plus mal. Il essaya de chasser cette idée de sa tête, pour se concentrer sur sa mission, tout en respectant la loi.

Cela fait maintenant un paquet d'heures qu'ils regardent et recoupent les rapports transmis par les services. Il leur reste les lettres laissées sur le siège avant du véhicule. La jeune femme émet une hypothèse à partir de ce qui est écrit chronologiquement. Le premier courrier n'est qu'une dénonciation de crime, avec une sentence qui achève cette lettre. Ensuite, vient le nom de la victime. Ce n'est qu'à partir du troisième courrier que le nom de l'inspecteur apparaît. On peut considérer que le meurtrier découvre Tarcot. Elle part du principe que, dès le départ, les cartes étaient truquées. Elle émet la supposition que si les règles du jeu ne sont pas bonnes, il faut réfléchir autrement, en imaginant que l'auteur des lettres, et donc le meurtrier, le connaissait avant même son premier meurtre. Puis, il y a la lettre, où le meurtrier, se dénonce comme étant l'auteur des quatre assassinats, et bientôt d'un cinquième. Elle part du principe que l'on sait que la cinquième victime sera le commissaire. On se doute que l'auteur de cette lettre connaît les rouages du service. Il y a fort à parier pour qu'il soit aussi de la police. Tarcot l'écoute avec attention, mais peine à suivre son raisonnement, quand tout à coup elle fait mouche avec son dernier argument.

Comment le meurtrier pouvait-il connaître autant de détails sur l'arrestation de ses parents, en transmettant toutes ces informations à la sœur et au frère, s'il ne le connaissait pas avant ? Sur son courrier, il précise que son propre frère faisait partie du même groupe que celui de ses parents. Au début, il avait imaginé que l'assassin l'entraînait sur une fausse piste. Alors que pas du tout. L'assassin, le guidait, petit à petit, sans pour autant aller trop vite. Simplement pour lui laisser le temps de terminer sa sale besogne. Tarcot garde la bouche ouverte sans qu'aucun mot ne sorte. Puis soudain il s'insurge contre lui-même.

– Mais qu'est-ce que je peux être con, non mais qu'est-ce que j'ai dans le ciboulot pour ne pas y avoir pensé avant. Bordel que je suis con. Ça saute aux yeux… Putain.

L'inspecteur se fiche des coups de poing dans la main, le brigadier le regarde sans rien dire, sans trop savoir si elle a raison de rester là dans ce bureau, elle va se faire blackbouler par l'inspecteur. Elle n'ose plus bouger, doit-elle partir ou rester. L'inspecteur faisant les cent pas dans le bureau, semble ignorer la présence du brigadier, marmonne tout seul, échafaude des idées, qu'il abandonne immédiatement. Quand soudain, il prend conscience de son existence, il se dirige vers elle en la fixant droit dans les yeux. Pour un peu, le brigadier prendrait peur, elle se raidit, quand l'inspecteur n'est qu'à quelques centimètres d'elle, il la prend dans ses bras, puis, il lui fait une accolade à lui démonter les épaules. Le brigadier n'ose pas trop réagir, surprise tout d'abord, puis éclatant de rire ensuite. Tarcot précise qu'il doit passer un coup de fil. Un seul coup de fil pour en avoir le cœur net. Le brigadier le regarde, attendant la suite, mais il se tait et se précipite à son bureau. Tarcot décroche son téléphone, demande le standard, puis demande un numéro à l'extérieur de Paris, un certain Colonel Prigeant. Il raccroche son téléphone, puis contourne son bureau, contemple par la fenêtre. Le brigadier trépigne sur place, en se demandant qui pouvait bien être ce colonel Prigeant ? Tarcot retourne s'asseoir à son bureau, regarde la jeune femme, à la fois pensif et énigmatique, il tapote sur son bureau, impatient. Elle l'interroge du regard, insistant, mais lui, rassurant, lève simplement sa main, accompagné d'une petite mimique de la bouche, tout en lui faisant signe que tout allait bien. Le téléphone sonne, la première sonnerie n'a pas le temps de s'arrêter que Tarcot a déjà décroché.

- Allo, Colonel Prigeant ?
- Oui, colonel Prigeant, bonjour, qui est à l'appareil ?
- Inspecteur Tarcot du 36, Jean Tarcot, Colonel, je suis le fils d'Hélène et Henri Tarcot… Vous vous souvenez de moi ?
- Ah mais bon sang bien sûr que je me souviens de vous Jean… Ah mon dieu, Jean, ça fait déjà un sacré bout de temps… Ah, je suis content de vous entendre.
- Moi aussi colonel, ça me fait plaisir de vous entendre. Je vous appelle car j'ai besoin d'un renseignement, j'ai besoin de vos lumières.

– Ah que le temps passe vite, je me revois avec vos parents. On a fait les quatre cents coups ensemble, on a vraiment tout fait pour barrer la route aux Allemands.

Le colonel laisse passer un petit moment puis il reprend plus nostalgique :

– Comme ils me manquent vos parents, vous ne pouvez pas imaginer ! Oh ! Pardon, il faut toujours que je sois lourd, j'imagine combien vos parents doivent vous manquer.
– Oh colonel, ne vous excusez pas, c'est ainsi, bien sûr que mes parents me manquent profondément, mais le temps passe, et finit par atténuer les douleurs.
– Que puis-je pour vous mon cher Jean, en espérant que je puisse vous aider ? Ainsi, vous êtes inspecteur au 36. Ah, c'est bien, et travailler dans ce légendaire 36 est une sacrée aventure n'est-ce pas ?
– Justement, en parlant d'aventure, je mène une enquête sur une série d'assassinats. Nous avons quatre meurtres en à peine cinq semaines, et on avance doucement pour ne pas dire que l'on piétine.
– Oui, c'est affreux tout ça, j'ai lu les journaux. J'ai cru comprendre que ces hommes avaient eu un passé monstrueux durant cette guerre, c'est bien cela ?
– Oui, je ne trahirais pas de secret d'enquête en vous disant que oui, ces hommes ont, selon les accusations du meurtrier, tous eu des activités de trahisons et de dénonciations.
– Oui je vois, est-ce que votre appel a un lien avec tout ce merdier ?

- Oui Colonel, je bute sur plusieurs détails, mais j'espère être sur le point de résoudre cette affaire. Le meurtrier, nous annonce son prochain crime, et nous pensons avoir découvert de qui il s'agissait. Mais selon les termes et les affirmations de l'assassin, nous pouvons, je le pense, démasquer l'homme à l'origine des courriers et des meurtres. En quelque sorte, c'est lui qui sème des indices, pour nous mener sur sa piste.
- Il est bien curieux votre assassin dites-moi !
- Oui, d'autant qu'il affirme que sa prochaine victime, est la personne responsable de l'arrestation de mes parents, et de son propre frère. L'assassin serait le frère de celui qui fut arrêté le même jour que mes parents.
- Vous êtes sérieux Jean ? Vous êtes en train de me dire que le frère de Richard est l'assassin ? C'est bien ce que vous êtes en train de me dire ?
- Oui Colonel. Pouvez-vous me dire le nom de cet homme ? Celui qui a été arrêté le même jour que mes parents ?
- …

Le colonel se racle la gorge, lâche une série de jurons, puis livre le nom du frère de l'assassin à Tarcot. L'inspecteur laisse le nom pénétrer son cortex, un peu comme s'il venait de prendre une balle en pleine tête. Mais les révélations ne s'arrêtent pas là. Le colonel affirme qu'en plus de Richard, un autre de ses gars avait été arrêté ce même jour. Ces arrestations simultanées avaient lourdement ébranlé leur organisation de résistance. Lui-même, devait son salut à un concours de circonstances, il avait pu repérer l'arrivée de la police, et s'était échappé par les toits. Même sous la torture, ni ses parents, ni Richard, n'avaient livré son nom. Il leur devait la vie. Le second gars, avait cédé sous la torture. Prigeant révèle ce second nom. Les mots qui suivent n'ont que peu d'importance, Tarcot ne les entend pas, ils se promettent de se voir très vite, pour parler de ses parents, et se souvenir des moments héroïques. Tarcot raccroche, digère l'impensable, la bouche ouverte, les yeux hagards. Dutertre le fixe, elle va lui sauter à la gorge s'il ne lui révèle pas ce nom immédiatement. L'inspecteur la fixe à son tour, réalise son impatience, se lève, sans aucun mot, il lui fait signe de ne rien dire, en mettant son doigt devant sa bouche. Intriguée, elle le regarde se diriger vers la porte de son bureau. Il l'ouvre scrute le couloir, puis referme cette porte, s'approche d'elle en s'asseyant sur le coin de son bureau. Elle sent la chaleur l'envahir, allait-il enfin lui dire ou allait-il garder cela pour lui ? Il croise ses bras, puis lui révèle le nom de Richard, l'équipier arrêté le même jour que ses parents, ainsi que les Zimberschtein. Dutertre ne peut contenir sa surprise, elle met sa main sur sa bouche, avec un mouvement de recul, l'air effaré. Elle regarde le bureau où elle se trouve, examine les piles de dossiers, elle ne prononce plus un mot. Tarcot continue ses divulgations, en prononçant le nom d'un second gars. Le brigadier étouffe un cri. Elle reste ainsi une longue minute. Tous deux se regardent, durant ce moment comme suspendu dans le temps, quand soudain, quelqu'un frappe à la porte l'ouvre simultanément, les surprenant dans leurs échanges silencieux. Gaillard est là, dans l'encadrement de la porte. L'inspecteur lève la tête, le brigadier se retourne, surprise, comme si elle venait de voir un revenant. Puis elle se retourne vers l'inspecteur, ne sachant visiblement pas comment agir et se comporter. Tarcot lui fait signe négligemment de ne pas réagir. Il se lève de son bureau, puis en fait le tour pour s'y asseoir, tout en demandant de ses nouvelles. Gaillard, répond de façon évasive, en balayant d'un geste large l'air, comme s'il chassait un invisible moustique.

- Pshiiitt, parti, comme ça. Je me suis allongé, puis j'ai dormi au moins trois heures. À mon réveil, j'étais vaseux, mais je me sentais mieux, alors me revoilà.
- Tant mieux, tant mieux…

Maladie imaginaire tombée bien à propos, se dit Tarcot. Mais qu'est-il donc allé faire durant toutes ces heures.

- Ça progresse ? Tu as de nouveaux éléments ?

Comment peut-il poser ce genre de questions avec autant de nonchalance ? se dit Tarcot. Il regarde Dutertre qui, mal à l'aise, ne sait plus trop où se mettre.

- Ah euh… Je te présente le brigadier Dutertre. Elle m'a secondé aujourd'hui pour éplucher les dossiers, on y est depuis la fin de la matinée. Il nous fallait un œil nouveau pour apporter un avis différent.
- Ah oui, nous nous sommes vus ce matin… Je crois bien que c'est à vous que j'ai remis l'enveloppe, n'est-ce pas ?

Forçant le brigadier à se lever, de façon un peu péremptoire, il prend place à son bureau.

- Oui, inspecteur, c'est bien à moi…
- Bon nous avons un gros problème, dit Tarcot. Nous pensons connaître le nom de la future victime. Nous ne pouvons pas la protéger, elle a disparu. Mais asseyez-

vous Marie, asseyez-vous, continuons voulez-vous ! Allez-y brigadier expliquez à l'inspecteur Gaillard comment nous en sommes arrivés à identifier la prochaine victime. Allez-y, commencez, je reviens. Écoute bien ça va t'intéresser, dit-il à Gaillard tout en griffonnant un mot sur un bout de papier.

Il donne le change, en inscrivant quelques mots sur son agenda posé juste à côté. Il se lève, prend le dossier contenant les lettres et y glisse le papier. Le brigadier garde son sang-froid, mais ne sait pas trop comment s'en sortir sans commettre d'impair. Que peut-elle dire sans divulguer d'indices importants à l'inspecteur, pour qui elle éprouve une profonde répugnance subitement ? En se dirigeant vers la porte, il se penche vers le brigadier et lui transmet le dossier. Il lui susurre à l'oreille le mot :

– Papier.

Tournant le dos à Gaillard, il espère que celui-ci n'aura rien entendu. Le brigadier ouvre le dossier et à l'intérieur, une feuille noircie des mots suivants :

– Pas un mot sur les coupables, seulement la victime.

La pile de dossiers sur le bureau de Gaillard lui bouche la vue. Dutertre en profite pour dissimuler le papier dans sa manche. Sait-on jamais, des fois que l'inspecteur souhaite voir ce dossier. Amusé, Gaillard écoute le brigadier, en se disant qu'il aurait dû être à sa place. Mais que pouvait-il faire d'autre ? Rester là à ne rien faire, ne pas respecter ses engagements, en prenant le risque que tout soit révélé. En aucun cas il ne voulait que son nom ne soit mêlé à toute cette merde. Après tout, il n'y était pour rien lui. Tout serait bientôt terminé, tout rentrerait dans l'ordre dans quelques heures à peine. Il lui fallait tenir bon, durant ces poignées d'heures interminables. Il n'écoutait plus le brigadier, qui semblait pourtant s'appliquer dans la description de chaque avancée du dossier. Les quelques bribes de phrases qu'il entendait mettait en évidence leur progression. Ils touchaient au but. Mais qu'importe, il connaissait cette enquête dans ses moindres détails. Finalement, il aurait sans doute voulu rencontrer le frère et la sœur Zimberschtein, mais à tout moment Tarcot aurait compris qu'ils se connaissaient.

Pour la énième fois de la journée, Tarcot cavalait dans les escaliers. Il était passé à la hâte voir si son divisionnaire était là. Une fois encore, il avait fait chou blanc. Mais de cela il n'était pas surpris. Arrivé essoufflé à l'accueil, il alpagua le brigadier d'astreinte, pour qu'il appelle immédiatement le chef de service. En quelques secondes le chef était là. Il le prit par le bras pour lui passer des consignes à l'abri d'oreilles indiscrètes. Il fallait envoyer une équipe en toute discrétion chez le commissaire. Il devait absolument découvrir l'endroit où il pouvait se trouver avant demain matin. Pour lui, il ne faisait plus aucun doute qu'il avait été enlevé à son tour. Il était peut-être trop tard. Il avait probablement déjà été mutilé, mais il pouvait encore lui sauver la vie. Tout en passant ces informations, il repensait à l'énergie qu'il dépensait, pour sauver la vie du bourreau de ses parents. Il refusait d'agir autrement, il voulait pouvoir se regarder dans une glace sans avoir à se dégoûter. Il avait juré de défendre la loi, et qu'en toutes circonstances il resterait objectif. Là, dans ce cas précis, l'épreuve devenait extrêmement éprouvante. Il ne flancherait pas, il ferait tout pour, se promit-il. Il fallait à tout prix que le chef l'appelle à son bureau dès qu'il serait arrivé au domicile du commissaire et qu'il se serait assuré de sa présence ou non. L'inspecteur savait que cela ne servirait à rien, le commissaire serait retenu ailleurs, en attendant son exécution. Il devait l'empêcher à tout prix.

Tarcot prend le temps de sortir une minute, pour prendre l'air avant de remonter dans son bureau. Le soleil est parti derrière l'horizon, laissant derrière lui des couleurs incroyables. La Seine prend des tons rosés et violacés, c'est magnifique. Des ombres s'allongent pour finir dans les eaux assombries. Des péniches glissent lentement, c'est un métier qu'il aurait aimé faire. Il est temps de rentrer, l'inspecteur doit convaincre Gaillard de les aider un peu. La tâche sera rude, car à ce stade, il ne cédera pas facilement, en admettant qu'il le fasse. Il remonte le grand escalier, las de cette pénible journée. Arrivé à son bureau, Dutertre achève tout juste son compte-rendu. Tarcot la regarde, soulagée de le voir débouler dans son bureau, elle lui adresse un sourire confiant. Gaillard, quant à lui, semble écrire en feignant d'écouter. Tarcot prend une chaise qu'il approche du bureau de Gaillard, il invite Dutertre à faire de même.

Gaillard lève le nez, tout d'abord légèrement surpris, puis posant son crayon, il s'adosse au fond de son siège, puis pose ses coudes sur les accoudoirs, tout en croisant ses mains au niveau de son visage qu'il baisse ostensiblement. Il sait qu'on sait, se dit immédiatement Tarcot, il jette un œil en direction du brigadier qui le fixe et semble se dire la même chose.

- Bien… Comme tu as vu… On a assez bien avancé… On touche au but.
- Oui, oui je vois ça…
- Le brigadier a fait un sacré boulot en seulement une petite poignée d'heures…

Gaillard comprenait parfaitement où Tarcot voulait en venir. En plus de quatre semaines d'enquête, il donnait l'impression de piétiner, en réalité, il avait tout fait pour éloigner Tarcot de la vérité. Il n'en était pas fier, mais il n'avait pas le choix. Et là, désormais, Tarcot lui balançait en pleine figure son manque d'efficacité et de compétence, avec tact, certes, et c'était de bonne guerre, mais il devait assumer cet état de fait.

- Elle a émis différentes hypothèses, et en vérifiant certains cas, en faisant quelques recoupements, on s'aperçoit qu'apparaît un dénominateur commun. La guerre et sa tripotée de délateurs et autres meurtriers, ses immondices et autres saloperies. Mais là n'est pas l'essentiel, n'est-ce pas ? Il fallait à l'assassin un moyen de pression, un moyen de faire obstacle aussi à l'avancée de l'enquête. En cela, l'assassin disposait d'atouts majeurs, qui lui permettaient de contrôler et freiner à sa guise, la progression de nos investigations. Le premier maillon, notre commissaire bien sûr, mais là, il semble que je ne t'apprends rien. Cet homme que nous avons côtoyé et respecté, fut celui par qui des hommes, des femmes et des enfants sont morts. La guerre à son lot de saloperies, les victimes, de toutes sortes, sont à honorer. Celles tombées sous le feu, celles assassinées en déportation, celles trahies par leurs patriotes et celles mortes sous la torture.

Tarcot appuie là où ça fait mal, il sait que, rappeler le lourd passé, la vie de son frère qui s'éteint sous la torture de ses geôliers, après avoir fini par craquer en livrant quelques noms du réseau. Gaillard ne dit rien, lève ses yeux brillants, quelques larmes, qu'il retient, bordent ses yeux. Il se redresse, durcit son regard, Tarcot sait qu'il ne dira rien, mais il doit tout de même le pousser à parler. La vie d'un homme, aussi pourri soit-il, en dépend. Il pense qu'en abordant le sujet de son frère, arrêté à cause du commissaire, peut-être est-ce un argument de langage qui touchera Gaillard. Tarcot a-t-il le droit de réveiller les souffrances de Gaillard ? À ce niveau de l'enquête, tous les coups sont permis, au diable les douleurs personnelles, ne souffre-t-il pas lui-même par la faute de ce même commissaire ? Tarcot sait aussi que la présence du brigadier pourrait être un frein. Gaillard ne se livrera pas comme ça, devant cette jeune recrue qu'il ne connaît pas.

– Marie, il se fait tard, je n'ai que trop abusé de votre présence. Vous avez commencé tôt, il est bientôt 19 heures 30. Si vous voulez, donnons-nous rendez-vous demain à 9 heures, ici au bureau. Je m'arrangerai avec votre chef, ça me coûtera une bière supplémentaire.

Perspicace, Dutertre sait aussi que le moment est venu où des révélations peuvent arriver. Elle se doute aussi que cela ne sera pas facile pour l'inspecteur Gaillard. Sa présence risque en effet de le bloquer. Certes, elle trouve frustrant de ne pas pouvoir rester jusqu'aux aveux de l'inspecteur mais, elle commence à sérieusement ressentir la fatigue.

- Oui, vous avez raison, je vais y aller, je suis de service depuis ce matin très tôt, et là, ça commence à me tirer dessus. En descendant, je vais laisser un mot à mon chef, car je devais prendre mon service à 5 heures demain matin.
- Restez, brigadier, restez, je vous en prie. Vous avez semble-t-il, fait progresser cette enquête, de façon remarquable, et il ne serait pas très respectueux de ne pas vous associer au dénouement. D'autant que là, ça risque fort bien de devenir intéressant. N'est-ce pas, mon cher inspecteur ?

Tarcot regarde Gaillard qui, poussé par une soudaine lassitude, s'enfonce dans son fauteuil, comme une bête blessée, acceptant sa mise à mort. Dutertre risque un regard vers Gaillard qui paraît soudainement abattu, puis vers Tarcot qui la rassure en lui faisant signe, que si elle le désire, elle peut rester. Tarcot sait que si l'occasion se présentait, il ne devrait pas la louper. Sa marge de manœuvre est petite, et pour autant, il ne dispose pas de suffisamment de temps pour mégoter, ou prendre des gants, il doit y aller maintenant.

- Tu sais, Lucien, tu as raison de dire que nous avons bien progressé. Il y a plusieurs raisons à cela. Les courriers nous ont évidemment permis d'identifier le nom des victimes, l'assassin nous a laissé aussi pas mal d'indices. Puis, avec Marie, nous sommes arrivés aux mêmes conclusions sur la cinquième victime.
- Je t'en prie Jean, cesse de le considérer comme victime, dit Gaillard, furibond.

- Lucien, jusqu'à preuve du contraire, il sera la prochaine personne assassinée. Je te l'accorde, c'est le pire des salauds, mais ici, on ne peut se faire justice.
- C'est le moins que l'on puisse dire, vous en pensez quoi Brigadier…

Étonnamment, Gaillard a l'air sincère en voulant connaître l'avis du brigadier.

- Je suis perdue inspecteur, depuis cette fin de matinée, entre le commissaire qui s'avère être la pire des crapules, vous qui êtes considéré comme…

Elle se tait, gênée, en se rendant compte qu'elle s'adresse à lui en le désignant comme l'un des suspects.

- Allez-y, ne vous privez pas, je le mérite après tout, n'est-ce pas ?
- Justement, je ne sais pas. Tout s'écroule, vous savez, on nous apprend à l'école à être droit, respectueux et tout et tout, mais quand on est en face d'une ordure comme le commissaire, je ne sais pas ce que je ferais si j'avais été à votre place. Si mon frère avait été torturé à cause de lui… Je… Je n'en sais rien. Personnellement je ne vous blâme pas.

Elle le fixe sans sourciller, sincère, directe. Gaillard apprécie.

- J'ai eu raison de vous demander de rester brigadier, vous me semblez être quelqu'un de bien, vous devriez passer ce fichu concours d'inspecteur…
- Lucien, as-tu participé à l'enlèvement des victimes ?

Tarcot voulait en finir. Gaillard se tourne vers la fenêtre, la nuit est pratiquement tombée, seules les lumières blafardes de la rue émettent une pâle couleur.

– Oui Jean, non seulement, j'y ai participé, mais en plus c'est moi qui ai contribué à piéger ces salopards.
– Et pour le commissaire ?
– Évidemment, Jean, évidemment… Comment pourrait-il en être autrement ? Il n'est qu'un pion minable et en partie responsable de toute cette merde. Les autres n'étaient que des sous-fifres, des sous-merdes. Alors oui, inspecteur Tarcot, j'ai contribué à son enlèvement, sachant qu'il serait tué.
– Mais tu te rends compte de ce que tu nous dis, là, Lucien ? Pourquoi dis-tu « en partie responsable » ?
– Tu sais, j'ai longuement réfléchi lorsqu'il m'a été proposé de pister, chasser puis enlever ces types. Car, je savais ce qu'ils avaient fait, mais je mettais ma carrière à la poubelle. Je pensais que la justice ferait son boulot, mais ces types semblaient protégés. Quand on m'a dit qui était à la tête de ce groupe, au début j'ai refusé de croire cette évidence. Puis des preuves m'ont été présentées, et là je ne pouvais plus faire marche arrière. C'était impossible de devoir supporter le regard de cette ordure, chaque jour. Écouter ses discours de droiture, la qualité de son travail, les résultats de son service. Je devais faire bonne figure, combien de fois j'ai voulu dégainer mon arme et vider mon chargeur sur cette face de porc. Tu n'imagines pas Jean, tu ne peux pas imaginer le nombre de fois où il aurait été si simple de le tirer comme un gibier. Les choses sont ainsi. Un autre aura eu plus de courage que moi, voilà tout. Puis, exécuter cet enfoiré, ne nous

amenait pas à notre ultime but. Pour lui, nous avions un dessein plus vicieux, tout à l'honneur dans son art. Sa déchéance sera sa mort lente et savoureuse.

– Que veux-tu dire ? Le commissaire ne sera pas la prochaine victime ? Il y a quelqu'un d'autre ?
– C'est vous, Gaillard les désigne tous les deux avec son index accusateur, c'est vous qui m'avez parlé du commissaire comme étant la future victime, pas moi.

Tarcot pique une colère soudainement, Dutertre se liquéfie, Gaillard sourit en croisant ses bras sur son ventre.

– Arrêtons de jouer ! Cette partie de gendarme et de voleur n'a que trop duré. Il faut stopper cette escalade Lucien. Toi seul peux nous y aider.
– Il est trop tard Jean, il est trop tard, j'en ai trop fait déjà, je ne suis pas diseuse de bonne aventure, mais je me prédis un sale, un très sale avenir.

C'était un discours presque rodé, que le frère et la sœur avait eu également. Tarcot reconnaissait au travers des mots de son collègue, ceux qui avaient été dits dans la matinée par Jeanne et Simon. Comme eux, Gaillard continuait de taire le nom de l'assassin, pour le protéger. Du moins pour lui laisser le temps d'achever sa besogne. Tarcot devait lui révéler la découverte du nom de cet assassin. Il devait laisser pour l'instant la piste de la victime et s'attaquer directement à l'assassin, pour atteindre la victime.

– Quand tu parles de celui qui se charge de commettre ces crimes, quel que soit le genre de type qu'il tue, ça reste un crime, mais je ne suis pas là pour juger, Lucien tu le sais bien, mon boulot s'arrête une fois le coupable appréhendé. Mais quand tu parles de ce gars, celui qui exécute, tu veux parler de notre divisionnaire, nous sommes bien d'accord, Lucien ?

Tarcot sait qu'il a fait mouche, rien qu'en observant le visage de Gaillard, qui, malgré ses années de métier, se laisse surprendre et tombe dans le panneau. Malgré tout, il tente de se raccrocher aux branches, sachant la situation impossible à défendre.

- Comment peux-tu être certain qu'il s'agisse bien de lui ? Tu te plantes déjà de victime… Alors, ne te fie pas aux apparences Jean…
- Je ne te ferais pas l'affront de te dire que j'ai mes sources. Marie m'a mis l'idée en tête, en évoquant le passé de mes parents. Et selon les courriers reçus, il était évident que d'autres victimes, en relation étroite avec mes parents, avaient eu affaire au commissaire, au moins à lui. Il me suffisait d'appeler l'ancien colonel de leur section, pour en apprendre le nom de chaque membre. Ton frère en faisait partie, mais aussi celui du divisionnaire. Le lien se trouvait là, sous mes yeux, mais tu ne pouvais pas m'aider à l'identifier, voilà tout.
- Voilà tout… Répète tout haut Gaillard l'air complétement désolé.
- Oui, Lucien, c'est triste et aussi simple que cela. Il fallait y penser. Le brigadier avait l'avantage d'un regard neuf, mais sans sa clairvoyance, on passait à côté.
- Moi, je n'ai pas su tout de suite de qui il s'agissait. Malgré les nombreux courriers qu'il m'a envoyés, pour tenter de me convaincre et me convertir à sa cause.

Ensuite, les documents de preuves à charge, qui m'ont été envoyés, m'ont persuadé de suivre cet homme. Une fois qu'il s'est assuré de ma collaboration totale et discrète, nous nous sommes rencontrés.

– Mais, en le voyant, que t'es-tu dit ? Ce n'est quand même pas banal, le big boss de la P.J qui sollicite l'un de ses inspecteurs pour commettre des crimes.
– Ne dis pas que je commets des crimes Jean, si tu permets, je ne les commets pas, j'apporte simplement mon soutien, c'est différent. Même si je peux te garantir que, pour le commissaire, si notre divisionnaire ne m'avait pas freiné, j'en faisais de la charpie.
– Tu connais bien la loi… Comme moi, et tu sais pertinemment qu'à ce niveau, ta complicité ne fera aucun doute… Alors aide-nous.
– Tu sais, Jean, je suis bien évidemment complice, mais je puis t'assurer, qu'en aucun cas, j'ai torturé et mutilé ces salopards. Le divisionnaire m'en a bien dissuadé. À sa façon, il me disculpait d'accusation de meurtre au premier degré. Lui seul, voulait en avoir la responsabilité. Oui, il a tué, mais c'est un homme digne, dont l'honneur est au-dessus de beaucoup d'entre nous.
– Est-il également responsable des exécutions perpétrées à Lyon il y a un an ?
– Là, tu m'en demandes trop Jean…
– Tu ne sais rien ou tu ne souhaites pas m'en parler ?
– Même si j'avais des informations à ce sujet, je ne t'en parlerais pas.

- Étant l'un des principaux acteurs de cette tuerie, qui suit rigoureusement le même mode opératoire qu'à Lyon, tu penses me faire gober ton histoire ? Je suis peut-être jeune et novice, mais je suis loin d'être couillon Lucien.
- Crois-moi si tu le veux Jean, je ne suis mêlé en rien aux affaires de Lyon, et en aucun cas je ne cherche à savoir qui s'en est occupé. Par ailleurs, en aucun cas je ne sous-estime tes compétences.

C'est le moment se dit Tarcot, c'est le moment de lui demander ce qu'il a fait du commissaire. Où le retient-il ? Cette série macabre n'a que trop duré, il ne pourra plus rien faire pour lui, ni pour le divisionnaire, si ça se termine à nouveau dans un bain de sang.

- Où est-il retenu ? Qu'en as-tu fait du commissaire ? Est-il toujours vivant ? Tu dois me répondre maintenant, il n'est peut-être pas trop tard.
- Marie ? C'est ça ? Marie ?
- Oui inspecteur, dit le brigadier, je m'appelle Marie.
- Marie, vous vous rendez compte, que l'inspecteur Tarcot, ici présent, excellent et intègre limier parmi les siens, se figure, tout du moins, me laisse croire, qu'après quatre enlèvements, jetant dans la gueule de leur bourreau ces quatre salopards, et en connaissance de cause, seraient suivis de leur exécution, qui n'en doutons pas, sera requalifiée par notre courageuse justice, de crime au premier degré, je puisse encore sauver ma tête.

– Vos états de services plaideront en votre faveur peut-être, tente de dire Dutertre sans même y croire elle-même.

– Foutaise oui… Jean, surtout ne me fais pas l'injure de me prendre pour un novice. Ne me déçois pas, va au bout de ta démarche, et ne faiblis pas. Il faudra bien que tu m'arrêtes un jour. Mais dois-je te rappeler, que pour le moment, à part des suppositions, tu ne disposes d'aucune preuve. N'est-ce pas ?

– Il y a tes aveux spontanés…

– Des aveux ? Moi ? Mais pas du tout, je ne faisais qu'émettre des hypothèses de travail… En me mettant à la place du tueur ou de son complice… Voilà tout Jean…. Des aveux, disais-tu ?

– Tu as sans aucun doute raison, Lucien, des preuves, je n'en dispose d'aucune, même si les faits sont là, il nous faut des preuves. Tu le sais très bien, tu ne risques rien. Enfin, tu t'en persuades. Tu sais aussi comme moi, que les crimes ne restent jamais impunis.

– Tu n'auras qu'à expliquer cela à tes parents, à mon frère, aux parents de Simon et de Jeanne, au frère du divisionnaire, aux centaines de personnes que ces ordures ont fait tuer.

– Il ne s'agit pas de ça, Lucien, aujourd'hui il s'agit de stopper ce massacre, nous ne sommes plus en guerre, laisse la justice faire son boulot, laisse-moi faire le mien.

– Tu te trompes, pour moi la guerre n'est pas encore achevée, Jean, oh non cette guerre n'est pas encore tout à fait terminée, crois-moi.

- Je te conjure de me dire où tu séquestres le commissaire, Lucien.

L'inspecteur était sincère mais il sentait bien que la partie lui échappait, il ne sauverait pas le commissaire, à moins d'un miracle.

- Je ferai en sorte que ce type ne s'en sorte pas. Je ferai tout ce qui est en mon pouvoir pour qu'il soit arrêté, jugé et condamné.
- Tu te rendras vite compte, que du pouvoir tu n'en disposes pas mon cher inspecteur. Tout comme moi, tu es petit, tout petit dans cette fichue administration corrompue. Que crois-tu, que tous les collaborateurs des nazis ont été écartés du pouvoir ? Que tu es naïf Jean.
- Et alors, tu me proposes quoi ? Que je parte en croisade, comme Don Quichotte ? Chaque chose en son temps Lucien, ce n'est pas de la naïveté, c'est une question de bon sens et de motivation. Puis, si tu détiens des preuves sur leur culpabilité, sur leurs agissements de trahison, donne-les-moi. J'en ferai bon usage, tu peux me croire. Qui est cette autre personne soi-disant intouchable ?
- C'est trop tard inspecteur, ton ardeur et ta motivation sont tout à ton honneur, mais crois-moi, écoute mon conseil, si je peux encore me permettre de t'en offrir un, ne mets pas les pieds dans ce bourbier. Cette ultime exécution achèvera ce cycle, dans un silence aussi frustrant que décevant. Histoire de taire les dérives de notre administration, et surtout ne pas reconnaître ses

torts. Bien, il se fait tard, je vais rentrer chez moi, à moins que tu ne procèdes à mon arrestation ?

– Ce n'est pas l'envie qui me manque, crois-moi, mais ça m'avancerait à quoi ? Une dernière fois, dis-moi où il est.

– Je n'en sais foutre rien, Jean, je ne le sais pas. Je l'ai appelé, ce midi, pour lui transmettre une histoire inventée de toute pièce. Le divisionnaire l'avait chargé de régler, soi-disant en toute discrétion, un service pour le préfet. Tu penses bien que pour se faire mousser, il n'a pas hésité une seconde. Il est tombé dans le panneau directement. J'avais garé ma voiture au bout du quai, il m'a rejoint. Je l'ai conduit jusqu'en forêt de Fontainebleau. Le divisionnaire nous y attendait, comme pour les autres. Après, je suis parti, si tu avais vu la tête de ce tocard quand il a vu le divisionnaire. Il se voyait déjà principal, ce con. Après, de savoir ce que sera son sort, je m'en fiche royalement. C'est tout ce que j'ai à te dire Jean. Je vous souhaite une bonne nuit. Et surtout, ne vous en voulez pas, vous avez fait tout ce que vous pouviez faire pour aboutir où vous êtes arrivés. Mais reconnaissez simplement, que vous avez à faire à plus fort que vous en face, et je ne m'inclus pas dans ce dernier carré. Croyez-moi, il a du cran ce divisionnaire. Là, il s'attaque à du lourd, du très lourd. Suis mon conseil Jean, laisse tomber la piste du commissaire, ce n'est qu'un pion dans toute cette histoire. Mais lui, il devrait pouvoir sauver sa peau.

Gaillard se lève, puis il prend son veston qu'il enfile, lourdement, sans quitter Tarcot des yeux. Puis se tournant vers le brigadier, il lui sourit, et lui confirme qu'elle est véritablement faite pour devenir inspecteur. Ses qualités d'investigation sont indéniables. Il désigne son bureau, en lui affirmant que celui-ci sera bientôt disponible. Dutertre le regarde, tout d'abord un peu surprise, ne cachant pas le plaisir de recevoir ce compliment, mais triste de ce dénouement, jugeant utile de ne rien rajouter de plus, se disant que cela serait déplacé ou pire encore. Tarcot le regarde s'éloigner, ostensiblement, puis décide de se lever et court pratiquement pour rattraper Gaillard avant qu'il n'ouvre la porte. Il lui tend la main, et le remercie pour le respect et la classe avec laquelle il a su gérer le courage de revenir jusqu'ici. Il voulait lui dire combien il appréciait la confiance qu'il lui avait accordée. Mais rien ne sort de sa bouche sèche. Le regard suffit, pour que Gaillard comprenne le sens de ce silence. Alors avec une certaine sympathie, il lui met une tape amicale sur l'épaule puis tourne les talons et s'en va. Depuis que l'affaire prenait un sens, tout les menait à suspecter le commissaire. S'il n'était qu'un pion, s'il avait servi d'appât ? Qui pouvait bien être cette cinquième victime ? Comment avait-il pu être aveuglé par cette unique hypothèse ? Pourtant l'attitude du commissaire était bel et bien suspicieuse, et durant toute cette conversation, Gaillard ne le contredisait pas lorsqu'il laissait entendre que le commissaire serait la future victime. Il regarde Dutertre, qui, sans doute se fait cette même réflexion, ils se sont trompés de victime. Un autre nom va apparaître, mais quand ? Demain matin il sera trop tard, le nom, il l'aura en même temps que la presse. Tarcot entend une voix interpeller Gaillard. Il se dirige vers la porte, risque un regard, il est là au bout du couloir, à discuter avec un collègue. La porte fermée, Tarcot se retourne vers Dutertre, puis il lui lance.

- Ça vous dit une petite virée… Là maintenant ?
- Bah… Au point où j'en suis inspecteur…
- Jean… Appelez-moi Jean, s'il vous plaît… Oh, et puis on se tutoie vous voulez bien ? Foncez… Pardon… Fonce te changer… Le temps de fermer ici, et on se retrouve en bas.
- Bien… Bien… Vous êtes… Enfin tu es bien secret soudain, où m'emmènes-tu ?
- Si on ne perd pas trop de temps, on va essayer de rattraper Gaillard, on va le suivre. Vas-y fonce, j'te rejoins en bas.

Dutertre part en courant, croisant Gaillard en haut de l'escalier, elle lui jette un regard discret, qu'il lui rend avec un sourire. L'inspecteur, prend soin d'enfermer le lourd dossier, dans le gros tiroir de son bureau. Au moment de refermer à clé, il hésite un instant, il ouvre le tiroir du dessus, où se trouve son arme de service. Puis mécaniquement, la saisit, contrôle son chargeur. Il glisse sa main sur la crosse du Mauser, puis, il introduit le chargeur dans son logement, engage une balle, puis actionne le cran de sécurité. L'inspecteur dépose l'arme au fond de la poche de son imper, il referme le tiroir de son bureau. Persuadé que son arme ne lui servira pas. Mais la situation pourrait s'avérer dangereuse. La détermination de Gaillard et du divisionnaire est telle que Tarcot sait, qu'en se mettant en travers de leurs routes, il prend des risques et peut en faire prendre au jeune brigadier. Il passe sous le nez de Gaillard qui prend son temps en discutant avec un collègue. Tarcot l'entend saluer son collègue, pour pratiquement lui emboîter le pas. Il accélère en dévalant les escaliers. Arrivé en bas, Tarcot tombe nez-à-nez avec Dutertre redevenue civile. Elle est élégamment vêtue, avec ses longs cheveux détachés, pratiquement méconnaissable. Elle lui adresse un joli sourire, puis l'interrogeant du regard, Tarcot lui fait signe de le suivre en pressant le pas. Des pas au-dessus de leurs têtes annoncent l'imminente arrivée de Gaillard. Ils sortent à la hâte du 36 puis foncent jusqu'aux quais en prenant soin de partir sur le côté pour ne pas être vus. Les marches, qui donnent vers les rives de la Seine, leur serviront de poste d'observation. À peine se sont-ils éclipsés en contrebas, que Gaillard surgit des arches du 36. Il s'arrête un instant, fouille dans ses poches, en sort un paquet de cigarettes. Puis, il tape le paquet sur le dos de sa main, il en extrait une cigarette, qu'il se met au coin de la bouche, sans l'allumer toutefois. Tarcot se fait la réflexion, Gaillard lui avait dit vouloir arrêter de fumer. Dutertre est juste à côté, elle se cale contre la paroi de pierre froide du quai, et risque un regard. Gaillard semble attendre quelque chose ; quand il se décide à partir, il se dirige droit sur eux. Tarcot et Dutertre attendent un peu, la jeune femme regarde autour d'elle, il n'y a pas beaucoup d'endroit où se planquer, si Gaillard décidait de descendre là. Plus loin, vers le pont, des arbres pourront faire l'affaire, Tarcot vient de lui indiquer, il semble comprendre le stress de son équipière. Ils attendent malgré tout, encore un peu, mais Gaillard paraît pourtant se diriger vers eux. Ils se retournent puis descendent les marches de pierre aussi vite qu'ils le peuvent. Le temps que Gaillard traverse la rue pour arriver jusqu'au quai, ne leur suffira pas pour atteindre les arbres et s'y cacher. Les marches, menant aux quais, descendent à l'opposé de la direction qu'ils doivent prendre. Ce sera leur seul salut pour ne pas être vus. Ils ne cherchent pas à réfléchir davantage, ils accélèrent tant, qu'à peine arrivés aux premiers arbres, Tarcot s'appuie sur le tronc pour reprendre son souffle. Il lève le nez et voit Gaillard remonter les quais dans leur direction. À cet endroit, il n'y a qu'une seule rangée d'arbres. S'il prenait l'envie à Gaillard de s'y arrêter ou simplement regarder du côté des arbres, ils seraient immédiatement repérés. Ils reprennent leur course, derrières la rangée d'arbres, jusqu'aux prochaines marches. À cet endroit, les quais ne se prolongent pas, il faut remonter au niveau de la rue, puis traverser les voies du pont Saint-Michel, pour redescendre de l'autre côté. Arrivés sur le quai des Orfèvres, Tarcot et Dutertre retournent en direction du 36, puis se faufilent entre deux voitures en stationnement. Au bout d'un moment, Gaillard surgit des marches, semble inspecter de chaque côté, puis traverse le pont pour redescendre sur les berges de la Seine. Ils attendent un peu, et Tarcot fait signe au brigadier de le suivre. Il décide d'aller jeter un œil du haut du quai, avant de s'engager dans les marches. Ils s'approchent du muret de pierres, et là, il surprend Gaillard debout, juste en bas face aux marches. Tarcot et Dutertre l'observent d'en haut, s'ils avaient décidé de le suivre immédiatement, ils se faisaient pincer comme des bleus. Soudain, Gaillard lève la tête en se tournant dans leur direction. Ils n'ont que le temps de se jeter en arrière pour ne pas être vus. Ils se regardent tous les deux, et dans leurs yeux, se dessinent, à la fois une tension palpable, et un amusement. Comme des gamins qui joueraient aux gendarmes et aux voleurs, excepté que là, la finalité pouvait conduire à sauver la vie d'un homme. Alors Tarcot décide de suivre Gaillard, mais en restant sur les quais. À leur tour, ils franchissent les voies du pont Saint-Michel pour se retrouver sur les quais du Marché-Neuf. En restant là-haut sur le quai, Gaillard ne risquait pas de les surprendre. Il suffisait de lui laisser prendre un peu d'avance, et ils pourraient le suivre à bonne distance. Ils observent le déplacement de Gaillard jusqu'aux abords de la rue de la Cité, quand soudain Gaillard gravit à nouveau les marches jusqu'aux quais. Gaillard vient de changer de direction, il emprunte la rue de la Cité. Tarcot est persuadé que Gaillard utilise toutes les ficelles du métier, pour se fondre dans la masse, pour qu'un éventuel suiveur perde sa trace, ou se fasse repérer comme s'il était novice en filature. Mais pourquoi n'a-t-il pas utilisé de voiture ? Ils changent de trottoir, veillant toujours à conserver une distance de sécurité. Dutertre propose de changer à nouveau de trottoir, cela évitera d'être immédiatement repéré en cas de volte-face de Gaillard. Tarcot prend une légère avance sur Dutertre, Gaillard s'arrête, fait mine de regarder une imposante glycine, accrochée depuis des années aux murs d'une maison non moins impérieuse. Dutertre se jette sous un porche, elle ne pense pas avoir été repérée. Gaillard balaye son regard de chaque côté de la rue. Tarcot reste immobile, à l'angle arrière d'une camionnette de livraison. Il se risque en se penchant suffisamment pour observer au travers du parebrise du véhicule. Il voit Gaillard prendre décidément toutes les précautions possibles. Curieusement, il ne se cache pas non plus. Il reprend sa marche, en direction du pont Notre-Dame. Là, ils seront contraints d'attendre. Si à cette heure, les voies sont encore encombrées de voitures, les trottoirs se vident. Ils se feraient immédiatement repérer, toutefois avec une certaine distance, Gaillard ne pourrait pas distinguer leurs visages. Gaillard est arrivé pratiquement à la sortie du pont, quand ils décident de le traverser à leur tour. Sans le perdre de vue, ils accélèrent un peu le pas, lorsqu'ils le voient tourner en direction du théâtre du Châtelet sur les quais de Gesvres. Au passage d'un gros bahut, Gaillard disparaît subitement. Ils dressent la tête, mais ne le repèrent nulle part. Tarcot lâche un juron, quand Dutertre lui prend le bras pour le faire stopper. Il se retourne et la regarde surpris. Elle lève le menton, en direction des berges en contrebas, désignant plusieurs silhouettes. Il est là juste sous eux, parmi ce regroupement de promeneurs tardifs sur les berges du Parc. Tarcot s'approche du parapet pour l'observer un peu. Gaillard s'arrête, laisse un petit groupe le dépasser, un couple le rattrape puis le dépasse. Il leur emboîte le pas. De loin, on pourrait s'imaginer qu'ils sont ensemble. Le malin, se dit Tarcot. Dutertre s'étonne à le voir faire de la sorte, et finit par dire qu'en école de police on n'apprenait pas ce genre d'exercice. Tarcot lui affirme qu'une fois inspectrice, elle optera rapidement pour ce mode de déplacement, non seulement, il y allait de sa survie, mais ensuite, de la réussite d'une filature. Les berges peu éclairées rendent difficiles la surveillance. À cette heure, les rives du parc sont encore encombrées de promeneurs. Il allait falloir s'approcher de Gaillard. Ils filent tous deux jusqu'aux marches, puis descendent rapidement sur les berges. Au même niveau que Gaillard, il devient plus compliqué de distinguer sa silhouette. Ils doivent absolument l'identifier, mais où se trouve-t-il ? Leur a-t-il joué un tour ? Ce serait fort probable. Ils ont mis trop de temps à descendre, ou alors, ils ont probablement dû se faire repérer.

- Quelle poisse, comment j'ai pu me faire avoir, se dit-il.
- Que fait-on inspecteur ?

Un peu perdu dans ses pensées, il n'entend pas Dutertre. Elle n'ose pas lui reposer la question.

- Comment vois-tu la chose… Que proposes-tu ? dit soudain Tarcot.

La jeune femme regarde machinalement les berges, mais à cette distance on ne distingue plus personne.

- Je suis d'avis de continuer... Il n'y pas d'autres escaliers, à part celui-ci, d'ici au théâtre. Depuis tout à l'heure, j'observe cet escalier, et de la rampe automobile tout au bout là-bas une seule voiture est descendue. Elle est garée sur le côté, mais avec ces arbres, je n'ai vu personne en sortir. De l'escalier, seules deux personnes en sont descendues. Personne n'est remonté. À moins qu'il ne se soit mis à courir comme un dingue, le temps que l'on descende jusqu'ici, il n'aurait pas eu le temps d'y monter, sans que je le voie. Donc il est là.

Elle accompagne sa parole d'un large geste, désignant la berge, le parc, l'eau et ses péniches.

- Oui, ce doit être certainement ça, il doit être par-là, au bout de ces quais, désignant aussi les berges mal éclairées d'un geste vague. Mais il est capable de courir très vite, je l'ai vu à l'œuvre une fois, pour choper un mec qui se barrait du poste. On aurait dit Jesse Owens.

Ils reprennent leur progression en prenant le plus de précaution possible, quand soudain Dutertre désigne les péniches à quai. Se pourrait-il qu'il se soit planqué sur une péniche ? Tarcot se tape le front du plat de la main en s'arrêtant tout net. Dutertre le regarde médusée, sans comprendre cette soudaine attitude.

– Mais qu'est-ce que je peux être con… Je suis décidemment, un mauvais exemple Marie…
– Pourquoi, dites-vous ça…

Tarcot la regarde un peu durement.

– Euh, bon d'accord, d'accord, pourquoi dis-tu ça ?
– J'ai déjà entendu dire que notre divisionnaire avait une péniche, là par ici, et lorsqu'il terminait tard, il ne rentrait pas chez lui, de l'autre côté de Paris. Il reste y dormir, on dit même qu'il y fait de sacrées soirées. Et quand tu as parlé de péniche tout à l'heure, ça ne m'a pas effleuré l'esprit… Voilà pourquoi, parfois je m'exaspère tout seul. Mon esprit est complètement embrouillé depuis le début de cette enquête. Attends un peu que je fouille dans ma piètre mémoire, je ne me souviens plus du nom du bateau…
– Peut-être qu'en le revoyant, son nom te reviendra ?

Ils avaient repris leur marche, en s'éloignant de la berge, dans la pénombre au long du haut mur, pour ne pas être reconnus. Ils s'étaient réparti les zones de surveillance, lui examinait les péniches accostées qu'il croisait, quant à elle, elle scrutait la berge, et ne lâchait pas cette rampe mal éclairée. Des gens descendaient, et depuis, quelques personnes étaient remontées, mais aucune silhouette ne ressemblait à celle de Gaillard. Sur les bateaux, l'activité y était rare, les bateliers et leurs familles dînaient ou s'apprêtaient à le faire. Certains utilisaient les carrés extérieurs, habitués aux temps froids, d'autres, enfermés dans les cabines, obligeaient Tarcot à s'approcher pour scruter l'intérieur avec discrétion.

Ils remontent plusieurs péniches, jusqu'à ce que Tarcot identifie sur la péniche suivante une ombre qui semble se cacher. Tarcot se dirige vers la zone sombre puis s'arrête pour réfléchir. Si c'est Gaillard, il y a de fortes chances pour qu'il l'ait reconnu. Il ne peut plus compter sur l'effet de surprise. Toutefois en regardant derrière lui, il observe un couple qui se promène ; d'où il se trouve, il ne parvient à distinguer que leurs silhouettes, mais pas leurs visages. Donc, se dit-il, ayant vu seulement une ombre à plus de quatre-vingts mètres, il était fort probable que si cette ombre l'avait vu, il avait dû distinguer la même chose, c'est-à-dire rien, ou seulement une forme se déplaçant sur les rives, comme tant d'autres. Il décide alors de continuer sa route, mais en couple, comme celui qui vient juste de le dépasser. Il traverse le parc, puis rejoint la jeune femme. Il lui explique son plan, en précisant qu'ils allaient se rapprocher de la péniche, mais ensemble. En se tenant bras-dessus bras-dessous, ils se fondront plus dans le décor. Ils commencent leur rôle, Tarcot désigne l'ombre qui semble observer dans leur direction. Ils se font rattraper par un autre couple. Tarcot décide de leur parler, histoire de passer pour des touristes. Il leur demande leur chemin, pour se rendre au Louvre qu'il sait être plus loin, au-delà de la péniche en suivant la rive. Le type répond gentiment, en faisant de grands gestes, indiquant une direction, puis une autre, c'était parfait. Sans le savoir, le type offrait un spectacle des plus communs dans le quartier. L'homme est bavard, il se lance dans l'origine historique du site. L'inspecteur se maudit d'être tombé sur le seul historien se baladant sur les rives à une heure aussi avancée de la soirée. Il fait en sorte d'abréger la conversation, en le remerciant, lui coupant la parole de façon un peu cavalière. Le couple s'éloigne, Tarcot prend subitement Dutertre dans ses bras. Surprise, tout d'abord elle cherche à le repousser, en opposant ses mains sur les épaules de l'inspecteur. Sans toutefois y mettre beaucoup d'énergie, elle finit par céder rapidement, imaginant qu'il ne peut y avoir qu'une raison, autre qu'un dérapage stupide. Tournant le dos à la péniche qui n'est plus qu'à une trentaine de mètres, Tarcot lui souffle un « désolé on nous observe, je crois », il lui demande de regarder en direction du pont de la péniche, pour savoir si elle y voit toujours l'ombre du type. Elle lui glisse à l'oreille que non, le pont semble désert. En parlant, un air chaud effleure son oreille, l'inspecteur en éprouve des petits frissons qui descendent le long de son échine. Ils restent ainsi collés, leurs corps l'un contre l'autre sans bouger, encore quelques secondes. Au moment de relâcher son étreinte, il ressent comme un petit regret, il aimerait prolonger cet instant un peu magique, puis, il lui glisse à l'oreille :

– Désolé, il fallait donner le change, et de grâce ne me parle plus comme ça dans l'oreille, j'en ai des frissons partout.

- Hein… Euh… Oups … Je suis désolée…
- Je te taquine… J'espère ne pas t'avoir choquée ? J'ai l'impression que l'on nous observe, j'ai comme un horrible sentiment.
- Bah au début, choquée… Non, mais surprise oui… Je sais que tu ne pouvais pas me prévenir… En voyant tous ces couples qui se baladent, je pensais justement que pour ne pas se faire remarquer, il fallait faire comme eux.
- Parfait, alors continuons, donne-moi ta main… Je vais rester du côté de la zone sombre, on ne sait jamais.

Le « couple » s'approche de la péniche, Tarcot jette un œil du côté du bateau. Juste au-dessous de lourdes amarres, à la poupe, le nom du bateau, « L'Étoile du Berger » est écrit en grosses lettres blanches. Le nom s'imprègne dans la mémoire de Tarcot, il n'y a aucun doute possible c'est le bateau du divisionnaire. Tarcot glisse à l'oreille de Dutertre ce dont il vient de se souvenir, elle acquiesce d'un petit signe de la tête. Un type, vêtu comme un batelier, s'affaire à l'avant de la cabine, debout, sur l'une des grosses écoutilles d'acier. Le marinier leur adresse un regard rapide, sans y prêter plus d'attention que ça, puis il se met à fredonner « Mon amant de Saint-Jean ». Légèrement plus petite que Tarcot, Dutertre glisse sa tête sur l'épaule de son équipier. Sans en faire des tonnes, il fait de même, en basculant sa tête sur la sienne, il entoure ses épaules de son bras. L'ombre, située à l'arrière du bateau a disparu, après tout, ce n'était peut-être que le marinier. Alors qu'ils franchissent l'angle du carré, juste après les cabines, Tarcot le voit, là, debout, leur tournant le dos, face à la Seine. Tarcot presse l'épaule de Dutertre, tout en la poussant légèrement vers l'avant. Comprenant qu'il ne faut pas s'arrêter, elle tourne sa tête vers le cou de l'inspecteur et y dépose un baiser tout en marchant. Elle en profite pour lui dire, qu'elle vient de reconnaître Gaillard, elle a évité son regard, mais elle est persuadée qu'il s'agit bien de l'inspecteur Gaillard. Tarcot lui confirme également qu'il pense avoir reconnu son collègue. Malgré tout, au beau milieu de cette situation, il ressent la douceur de ce baiser, comme un moment volé à cet instant stressant qui les tient en alerte.

– Comme c'est bon, se dit Tarcot, que ses lèvres sont douces.

Jamais, il ne lui serait venu à l'idée d'éprouver ce genre de ressenti en un moment semblable, mais il lui fallait avouer que c'était agréable. Le bruit de leurs pas sur les pavés des quais alerte l'homme, qui se retourne. Tarcot tourne également sa tête, pour que celui-ci ne le voie pas. C'est Gaillard, il en est convaincu. Ainsi donc, Gaillard est sur le bateau du divisionnaire. Que fait-il là ? Et si le divisionnaire y était également ? Les idées se bousculent, il échafaude différentes hypothèses. Se sent-il observé ou s'invente-t-il un scénario ? Tout en s'éloignant de la péniche, il cherche une solution pour revenir sur ses pas, afin de voir ce qui se trame dans ce bateau. Lorsqu'ils sont à environ une cinquantaine de mètres du bateau, ils s'arrêtent, pour essayer d'observer tout en restant à l'abri des regards. Une silhouette surgit du côté de la cabine. Dutertre prend l'initiative d'attirer Tarcot à elle, en se mettant juste devant lui. Le mouvement le force à se tourner légèrement. Faisant face à la proue du bateau, Tarcot aperçoit

Gaillard qui semble les fixer. Ils ne sont pas loin d'un éclairage, mais en contre-jour, il doit être difficile de les observer en détail. Il se penche vers le brigadier, pour donner le change, faire semblant de l'embrasser. Quiproquo ? Désir partagé ? Situation d'urgence ? Qu'importe, leurs lèvres se touchent, tout d'abord, doucement, s'effleurent, presque maladroitement comme de jeunes adolescents. Puis, l'engagement est plus électrique. Tarcot tente de jeter un œil par-dessus l'épaule de Marie, mais le désir de découvrir un peu plus encore le parfum de ses lèvres, l'emporte sur la raison. Le baiser dure un long moment. Lorsqu'ils s'arrêtent, ils restent ainsi, hébétés, sans se dire un seul mot. Face à face, ils se regardent, ni l'un ni l'autre ne souhaite bouger dans l'immédiat. Dutertre brise le silence en demandant ce que Gaillard fait. Tarcot regarde, Gaillard n'est plus là. En tout cas, plus sur le pont arrière de la péniche. Le marinier avance le long du bastingage, défiant les lois de l'équilibre, d'un pas lourd et sûr, puis s'introduit dans la cabine par la porte arrière. Sa voix porte loin, il semble parler à quelqu'un à l'intérieur. Tarcot fait signe à Dutertre qu'ils doivent saisir cette opportunité pour aller y jeter un œil. Ils remontent les quais, jusqu'à la proue du navire, ouvrant grands leurs yeux et leurs oreilles. La conversation semble animée à l'intérieur. Il y a des éclats de voix. Tarcot parvient sur le côté, se penche et essaye d'observer par les fenêtres, Dutertre fait le guet. Un homme tourne le dos à la fenêtre. Tarcot reconnaît le manteau de Gaillard. Ils sont trois à bord. Le marinier beugle, il n'a pas l'air content, Tarcot ne parvient pas à distinguer le troisième homme. Une voix de femme se mêle à la conversation, atténuée par la paroi du navire, Tarcot n'entend pas ce qu'elle dit. Il se retourne, Dutertre n'est plus là.

– Mais où est-elle ? se dit-il.

Les éclats de voix augmentent encore, l'homme en face répond, mais Tarcot ne distingue pas la voix. Gaillard bouge un peu, puis se retourne vers la vitre, il semble guetter. Tarcot se jette en arrière, se met immédiatement dans la pénombre. Soudain la femme pousse un cri, il lui semble avoir vu un visage, juste derrière la vitre. Tarcot voit Gaillard se précipiter à l'opposé, vers le petit hublot donnant côté fleuve.

– Mais où est Dutertre, ça commence à sentir le roussi, il ne faut pas rester là.

Tarcot longe la coque du navire vers l'avant à pas de loup. Soudain quelqu'un saute par-dessus le bastingage juste devant lui. Il sursaute et se prépare à envoyer un coup de poing lorsqu'il reconnaît le brigadier. Elle le chope par le bras, et l'entraîne aussi vite qu'elle le peut, aussi loin que possible sans faire de bruit, vers l'endroit le plus sombre. Un type arrive en courant au niveau des écoutilles, juste devant la cabine. Il s'arrête, puis observe tout autour, puis se fixe à l'avant du bateau. Il appelle le marinier, qui rapplique presque aussitôt. Il lui glisse un mot, que ni Tarcot ni Dutertre n'entendent. Le marinier regarde dans la direction des deux flics, en principe, il ne peut pas les voir, en principe. Le troisième type se pointe sur le pont. Tarcot serre les poings, Dutertre lâche un chapelet de jurons, en gardant la bouche fermée. Ils viennent de reconnaître le divisionnaire. Ils auraient dû s'en douter, le troisième est donc le divisionnaire. Il chuchote à l'oreille du brigadier, elle lui confirme qu'elle l'avait reconnu aussi, il était le troisième homme assis. Elle lui explique, que pour mieux voir, elle est montée sur le pont de la péniche, puis a contourné la cabine. De là, elle a reconnu, Gaillard, et le divisionnaire. Tarcot la fixe, à la fois impressionné par la rapidité avec laquelle elle s'était faufilée sur le pont du bateau, mais aussi perplexe. Soucieux de lui redire qu'en travail d'équipe, il fallait toujours avertir son binôme, de ces agissements et déplacements. En chuchotant, il lui réaffirme que les accidents arrivaient comme ça, bêtement. Se croyant face à une menace, persuadé que son équipier se trouve ailleurs, on pouvait sortir son arme et tirer. Sans imaginer une seule seconde qu'il pouvait s'agir de son équipier. Dutertre se rend compte que son initiative individuelle, aurait pu mal se terminer. Elle s'en excuse, Tarcot la rassure, en lui disant qu'il lui était également arrivé d'agir par réflexe, sans trop penser aux éventuelles conséquences. L'incident était clos. Les hommes sur le pont avant, continuent de fouiner dans le noir, Tarcot demande à Dutertre si elle a vu qui était la femme à bord de la péniche. Il y avait bien une femme, elle n'était pas seule, et il y avait également un jeune homme qui se tenait juste à côté d'elle. Elle pensait les avoir reconnus. C'était le couple qui avait rendez-vous avec lui ce matin.

– Que pouvaient faire les Zimberschtein sur cette péniche ? se dit Tarcot.

Il lui semblait avoir vu la silhouette d'un type, affalé sur une banquette juste sous le hublot. Décidemment, ça commençait à faire beaucoup de monde sur cette péniche. Ce n'était pas tout, dans l'une des cabines qui donnait du côté de la Seine, il y a un type. La pièce est sombre, mais elle a entendu un type, qui gémissait. Tarcot pense, tout comme Dutertre, qu'il pouvait s'agir de la cinquième victime. Se pouvait-il que Gaillard les ait menés en bateau et qu'il s'agisse bien du commissaire ? Sur le pont avant de la péniche, les trois hommes se parlent, puis retournent à l'intérieur de la cabine. Tarcot et Dutertre restent immobiles, attendant un peu. S'ils les ont remarqués, ils ne mettront pas de temps à ressortir discrètement de la péniche pour les piéger dans ce coin. D'où ils se tiennent, il leur est impossible de distinguer clairement l'arrière de la coque, n'importe qui pourrait y descendre, sans se faire remarquer. Tarcot saisit ce temps pour agripper le brigadier, puis tout en l'attirant vers lui, il lui explique en deux mots ce qu'il pense. Ils doivent partir rapidement d'ici, sinon ils se feront prendre à coup sûr. Ils longent le mur, puis ils commencent à accélérer, il ne faut pas traîner ici. Tout en courant, il réfléchit au moyen de revenir avec une équipe. Quelle équipe, suffisamment fiable, lui permettrait de cerner cette péniche, où chacun pourrait très vite savoir à qui elle appartenait ? Ils arrivent en bas des escaliers qui mènent jusqu'aux quais. Ils montent quatre à quatre les marches. Perdu dans ses réflexions, l'urgence de la décision à prendre, frustré de ne pas pouvoir s'assurer qu'il s'agissait réellement des Zimberschtein à bord de cette péniche, était-ce le commissaire qui gémissait ? Tarcot, tourne la tête pour tenter de voir le bateau. Il manque une marche et s'étale de tout son long dans l'escalier. Sa chute en avant le propulse sur les pavés du quai. Perdant l'équilibre, Dutertre essaie, en vain, de le retenir. Pour amortir sa chute, Tarcot amorce une roulade sur le côté, mais son coude porte violemment au sol. Effarée par cette acrobatie, elle ne peut qu'assister, impuissante, à cette cabriole, que l'inspecteur vient d'exécuter sous ses yeux. Conscient de sa mauvaise posture, d'autant plus visible de la péniche, il rampe comme il peut, jusqu'au parapet et si adosse assis. Il fait signe à Dutertre de le rejoindre. Aussitôt, il fait un *checkup* en se tâtant les membres un à un. Bilan, un genou écorché, le coude endolori, mais rien ne semble cassé. Il articule son avant-bras, c'est douloureux mais supportable. Il replie ses jambes, le tissu de son pantalon frotte au niveau de son genou, la sensation est très désagréable, il ressent un liquide chaud couler sur son tibia :

– Quel crétin, se dit-il.

Dutertre lui demande comment il se sent. Il lui répond :

– Ridicule, en riant.

Elle rit aussi et lui avoue avoir failli tomber en essayant de le retenir. Tarcot reprend son souffle, puis raisonne tout haut. Il pense que le type qu'elle venait d'entendre gémir, ne pouvait être que la cinquième victime et peut-être le commissaire. Dutertre objecte cette hypothèse, elle pense que Gaillard a dit vrai, en faisant passer le commissaire pour un pion insignifiant dans cette affaire. Tarcot consent et continue dans sa réflexion. Était-ce le lieu où les quatre autres victimes avaient été retenues, en attendant leur exécution ? En contrebas, ils entendent des voix, il faut partir tout de suite d'ici, les lieux ne sont pas propices aux cachettes, le pont est encore assez loin. Il leur faut absolument traverser les quais puis se faufiler dans la rue juste en face, et de là, ils pourront observer et voir ce qui se passe. En admettant que l'un d'entre eux se décide à remonter pour y voir de plus près. Ils atteignent enfin la rue puis se précipitent à l'angle du grand immeuble et restent cachés dans cette pénombre salvatrice. Ils ne pourraient tirer un avantage de leur position d'observation qu'un court moment, si personne ne monte les escaliers, à ce jeu-là, ça peut traîner un long moment. Tarcot réfléchit, il propose d'envoyer Dutertre jusqu'au téléphone le plus proche pour donner l'alerte. Il fallait qu'elle évoque une série de coup de feu, tirés sur les quais et dans une péniche. Tant pis pour les conséquences. Que pouvait-il bien dire d'autre ? Il n'allait tout de même pas dire qu'ils soupçonnaient le divisionnaire de s'être transformé en *serial killer*, et qu'il retenait peut-être le commissaire dans les cales de son bateau, et ce, sans preuve. Ils attendent encore une poignée de minutes avant de se séparer, non sans que Tarcot lui expose son plan de remonter le quai jusqu'à la rampe. Quant à lui, il est bien décidé à ne pas se faire doubler en retournant surveiller de plus près cette fichue péniche.

Tarcot longe les quais en direction du Pont-Neuf, d'en haut il lui sera plus aisé d'observer sans être vu, tout du moins il l'espère. Sa jambe lui interdit d'accélérer la cadence, en plus de l'écorchure au genou, sa hanche le rappelle à son bon souvenir, il va sûrement avoir un sacré hématome. Quelques centaines de mètres devant lui, la rampe d'accès pour les automobiles fera l'affaire, il ne va pas se risquer dans les marches avec sa patte amochée. Il vient de passer juste au niveau de la péniche en contrebas. Une voiture sombre est stationnée à côté de sa passerelle. Deux hommes s'affairent, et transportent une grosse caisse. Tarcot s'arrête, puis essaye de distinguer ce qu'ils charrient. Ils posent la caisse, qui semble assez lourde, à l'arrière de la voiture. L'un des deux hommes ouvre le coffre du véhicule. Le lampadaire, situé à seulement deux ou trois mètres, éclaire la scène. L'inspecteur identifie la caisse, c'est une cantine de voyage. Tarcot a soudain une pointe qui lui traverse l'estomac. Et si, là, juste sous ses yeux, ils étaient en train de faire disparaître le commissaire, ou une hypothétique autre cinquième victime, jetée au fond de cette malle ? Il n'y aurait plus de preuve. En supposant que l'homme que le brigadier avait entendu gémir, était bien la future victime, il allait s'évaporer sans qu'il puisse agir. La cantine chargée, l'un des hommes retourne au niveau de la passerelle où une silhouette attend. Ce type avance de façon étrange, il semble tituber. L'autre le soutien et l'accompagne jusqu'à la voiture. Le type avance laborieusement puis se fait aider pour grimper à l'avant de la voiture. L'un des types referme la porte de la voiture, puis tape sur le pavillon de la voiture, avant de rejoindre le second homme qui retourne à la péniche. Les phares de la voiture s'allument, puis le moteur démarre. Le véhicule fait quelques mètres, puis hoquette avant de caler. Le conducteur fait plusieurs tentatives avant que la voiture ne redémarre. L'accélérateur appuyé à fond, le moteur rugit, la voiture roule enfin et se dirige vers la rampe menant aux quais. Les types sur la péniche observent le départ chaotique de la voiture, avant de disparaître dans la cabine. Tarcot doit stopper cette voiture avant qu'elle ne disparaisse dans la circulation. Il oublie la douleur de son genou et de sa hanche, qui, en se refroidissant, commencent à réellement être handicapant, il accélère pour barrer la route à cette voiture. Un homme sorti de derrière un arbre, juste en bas de la rampe, surgit devant la voiture, la voiture ralentit, puis fait crisser ses pneus, manquant de renverser le type. L'homme s'approche du conducteur, puis se penchant vers la fenêtre, échange quelques mots avec lui. L'homme, se redresse, semble regarder dans la direction des quais, puis mettant ses mains dans les poches de son pantalon s'éloigne à nouveau vers les arbres. La voiture redémarre, prend son élan pour gravir la rampe de pavés. Tarcot arrive tout juste à l'accès de la rampe quand la voiture s'engage en bas. L'inspecteur se maudit de ne pas avoir été plus discret. S'il devait y avoir un autre complice planqué derrière l'un des arbres du parc, cela voulait dire que lui et Dutertre avaient probablement été repérés dès le début. Ou alors était-ce le chauffeur initial de la voiture, resté en retrait. Tarcot essaie de faire le vide dans sa tête. La voiture arrive bientôt en haut de la rampe, elle commence à prendre de la vitesse. Tarcot est pris dans les faisceaux des phares, le chauffeur ne peut pas ne pas le voir. Alors, l'inspecteur bénit son instinct, il plonge sa main dans la poche de son imper, agrippe la crosse de son arme qu'il avait hésité à emmener avec lui. Il sort son Mauser, puis se met en position de tir face à la voiture. Le canon dirigé droit sur le chauffeur. Ébloui, Tarcot ne le voit pas. La voiture ralentit, puis s'arrête à quelques centimètres des jambes de l'inspecteur. Tarcot crie de couper le moteur, assez fort pour que le conducteur l'entende, et comprenne la menace.

– Éteignez-moi ces putains de phares et descendez de la voiture, les mains en évidence, dit-il.

L'homme s'exécute, le moteur s'arrête, les feux sont éteints, la porte s'ouvre, l'inspecteur s'impatiente, demande à l'homme de se presser. La porte entrouverte se referme sur la main du type qui lâche des jurons. L'homme ouvre de nouveau la porte, puis sort péniblement de l'habitacle en marmonnant :

– Putain de chiotte de bagnole de merde !

L'homme sort enfin, Tarcot s'impatiente, il presse le type de venir vers lui à la lumière du lampadaire.

– Oulala dou... Doucement... M'sieur l'policier... N'tirez pas j'me rends...

Le type avance lentement, levant un bras en faisant signe à Tarcot de baisser son arme, la pente pourtant pas nécessairement abrupte, semble être une ascension laborieuse. L'homme paraît ivre, il continue de parler, mais les mots sont inaudibles. Tarcot jette un regard en contrebas, son arme toujours dirigée vers le type qui avance vers lui. Des hommes s'affairent sur le pont arrière de la péniche, mais ne s'intéressent pas à ce qui se trame sur les quais.

– Tant mieux, se dit Tarcot.

Le visage de l'homme est enfin éclairé par la lumière blafarde, l'inspecteur reste bouche bée. Devant lui, le type n'est autre que le commissaire. Un bateau à moteur s'éloigne de la péniche. Le teufteuf caractéristique du moteur attire l'attention de l'inspecteur. Quand le commissaire réalise à qui il a affaire, il se tape les cuisses de deux mains, il éclate d'un rire graveleux et bruyant. Tarcot range son arme, inutile. Au loin des sirènes de police perce le bruit des automobiles. Tarcot lève le nez, des gyrophares éclairent le pont et émettent des reflets scintillants sur la Seine. Le commissaire se relève enfin, puis plonge littéralement dans les bras de l'inspecteur, qui ne peut que le retenir avant qu'il ne s'effondre par terre. Dutertre arrive pratiquement en même temps que les véhicules de police. Tarcot décline son identité aux policiers qui déboulent arme au poing. Discrètement, Tarcot fait un bref résumé au brigadier qui se précipite vers le coffre arrière de la voiture. Tout en expliquant la situation au chef de la brigade, Tarcot fait s'asseoir le commissaire, qui ne veut plus lâcher son copain. Il beugle :

- T'es mon copain, toi, t'es mon copain... Y a des méchants qui veulent me faire du mal.... Là-bas, dit-il en se retournant vers la berge, en direction de la péniche.

Dutertre appelle Tarcot en lui demandant de venir voir, le coffre de la voiture est ouvert, la cantine aussi. Des vieux chiffons, des livres, des outils usagers, complètent la malle, mais il n'y aucune trace de victime. Tarcot regarde Dutertre, ils comprennent tous deux que le divisionnaire, et sans doute Gaillard, se sont moqués d'eux. Le chef de la brigade insiste, il veut savoir d'où venaient les coups de feu. Tarcot désigne la péniche, au point où il en est, c'est son seul espoir de retrouver la victime. En même temps, il se dit que la personne qui gémissait pouvait fort bien être le commissaire, inconscient dans son délire alcoolique. La brigade descend de part et d'autre des parapets de la rampe. Arrivés sur les berges, les hommes se séparent en deux groupes. Le premier groupe d'hommes se répartit sous les arbres, et se met en position de tir pour protéger le second groupe, qui progresse vers l'arrière de la péniche. Tarcot fait monter le commissaire à l'arrière de la voiture, et demande à un brigadier de le surveiller. Saoul comme il était, il pouvait fort bien reprendre le volant et disparaître dans les rues parisiennes. L'inspecteur Tarcot et Dutertre descendent prudemment la rampe pour rejoindre le groupe planqué dans les arbres. Le second groupe est pratiquement arrivé à la hauteur de la passerelle de la péniche, lorsqu'un homme sort de la cabine. Les policiers le mettent en joue immédiatement. Le type ne paraît pas surpris, il lève ses bras bien haut et décline son identité. Il s'agit du divisionnaire. Le chef de la brigade explique sa présence, et informe qu'à la suite d'un appel anonyme, on les avait informés que des coups de feu avaient été tirés. Le chef demande des explications sur l'origine de cette fusillade. Le divisionnaire comprend alors le subterfuge de l'inspecteur Tarcot.

– Bien joué, se dit-il. Ah oui, les coups de feu, dit-il.

Et là il explique le plus naturellement du monde que le commissaire, celui qui se trouve là-haut, sur les quais, arrêté par l'inspecteur Tarcot, était son invité sur la péniche et qu'il avait un peu trop abusé de l'alcool. Il continue d'expliquer avec la plus grande simplicité, en donnant des détails sur ce que le commissaire avait absorbé. Tarcot peine à réaliser, tant la facilité avec laquelle le divisionnaire ment, est déconcertante. Le divisionnaire se joue de lui, en précisant que de sa péniche, il avait pu identifier l'arrestation du commissaire par l'inspecteur. Ce qui confirme ce que Tarcot avait compris, sa présence avait été détectée dès le début. Le divisionnaire explique que, dans un délire d'homme saoul, le commissaire à la limite ivre mort, était sorti sur le pont arrière, brandissant une arme, et s'était mis à tirer sur un mystérieux et invisible ennemi dans la Seine. Le chef de la brigade lui demande qui avait répliqué par d'autres coups de feu. Avec la plus grande désinvolture, le divisionnaire précise qu'il n'y avait pas eu de fusillade, tout juste quelques coups de feu dans l'eau. Peut-être qu'avec l'écho des quais, on aurait pu s'imaginer avoir à faire à une véritable guerre. Il précisait cela avec une sorte de petit rire. Qu'ils se rassurent, précise-t-il, le commissaire avait alors jeté son arme dans l'eau, une fois son chargeur vide. Il n'y avait, par ailleurs, pas de blessé. Il croit bon de dire qu'il était resté à l'intérieur, au fond du carré, par mesure de sécurité. Il présente ses excuses pour cette méprise, et surtout qu'ils se soient tous déplacés pour rien. Le chef précise qu'il devra faire un rapport, c'est un peu gênant, mais c'est son devoir de le faire. Le divisionnaire rassure le chef, sur un ton mielleux, qui navre Tarcot, en l'informant qu'il se tient à sa disposition pour lui permettre de rédiger son rapport. Tarcot s'était rapproché, désormais bien visible du divisionnaire, qui lui adresse un grand salut, n'hésitant pas au passage, à lui demander si son enquête progressait. Tarcot ne répond pas, il est furieux, il demande la permission de monter à bord avec le chef.

- Mais bien au contraire inspecteur, montez à bord, venez chef, venez aussi.

Dutertre lui emboîte le pas, mais s'arrête au niveau de la passerelle, le divisionnaire l'invite à monter à bord également, comme s'ils étaient de vieux amis. Les trois flics montent à bord, les deux groupes d'hommes en position, se rapprochent de la péniche, mais le chef leur demande de rester en position.

Ce geste n'échappe pas aux yeux de Tarcot, ni au divisionnaire d'ailleurs.

Une fois à bord, sur le carré arrière, Tarcot demande s'il se trouve seul à bord, le divisionnaire affirme que oui. Il précise néanmoins que les coups de feu ont effrayé ses amis, qui sont partis aussitôt que le commissaire était remonté dans sa voiture. Tarcot examine tout autour, la cabine principale est vide, il demande s'il y a des cabines dans cette péniche. Le divisionnaire se moque un peu de lui en lui demandant s'il souhaite faire du tourisme fluvial ou peut-être se reconvertir en batelier. Tarcot répond que ce n'est que par pure curiosité. N'attendant pas qu'on l'y invite, Dutertre se dirige vers la cabine où elle avait entendu un homme gémir. Le chef examine le carré arrière, et s'étonne de ne voir aucune douille au sol, malgré la nuit, il devrait pouvoir apercevoir leur éclat avec sa lampe torche. Il se rapproche de la cabine puis demande si le divisionnaire avait déjà fait le ménage. Il précise que le commissaire, se tenait de travers, sur la gaillarde arrière, se tenant aux gros filins d'acier, le corps pratiquement au-dessus de l'eau, ce qui fait que les douilles avaient probablement dû être éjectées directement dans l'eau. Tarcot s'approche de l'entrée de la cabine pour examiner l'endroit d'où le commissaire avait a priori tiré, tout en sachant que lui et le divisionnaire sont conscients qu'il s'agit d'un mensonge. Tarcot ignore le chef et sans se retourner vers le divisionnaire qui vient de perdre de vue Dutertre, il lui dit :

– C'est curieux, vous disiez à l'instant ne pas être sorti de la cabine, et d'être au fond du carré.

Le divisionnaire commence à trouver « le jeu » énervant.

- Oui c'est bien cela inspecteur. Je me trouvais par ici, désignant un hypothétique endroit.
- Mais alors, dit Tarcot, vous pouvez nous expliquer comment vous avez fait pour voir le commissaire vider son chargeur dans l'eau, si vous étiez là-bas ? Car même d'ici, on ne voit rien.

Le chef se rapproche, puis descend les quelques marches qui mènent à la cabine, ensuite il se retourne et constate en effet que d'où ils se trouvent, ils ne peuvent pas voir l'endroit où se tenait le commissaire. Dutertre réapparaît, elle fait un signe à Tarcot, qui comprend qu'elle a fait chou blanc, il n'y avait plus personne dans cette cabine. Le divisionnaire voit l'attitude du brigadier, et ne se prive pas le moins du monde de sourire légèrement. Puis, il se retourne vers le chef en lui disant que ce qu'il avait dit était une supposition, car durant tout le temps où le commissaire faisait du tir au pigeon, il était resté en arrière. Ce n'était qu'une fois que les coups de feu avaient cessé, qu'il était sorti et avait vu le commissaire dans la position qu'il avait décrite. Tarcot serre les dents, et se dit que même avec des preuves, et mis devant le fait accompli, il ne pourrait pas confondre cet homme devant les crimes qu'il commettait.

Le chef décide de s'en aller, en s'excusant d'avoir abusé de son temps, non sans préciser que même sous l'emprise de l'alcool, tout commissaire qu'il était, il serait entendu demain à la première heure. Tarcot n'écoute plus le chef, il se demande où avaient bien pu passer les Zimberschtein, Gaillard et le marinier, et probablement la future victime. Le chef emboîte le pas de Dutertre qui vient de saluer le divisionnaire. Tarcot observe le divisionnaire un instant avant de prendre congé, quand celui-ci le rattrape par l'épaule. Il lui demande de rester juste un instant. Un peu surpris par cette démarche, Tarcot lance à Dutertre de rentrer se reposer, demain serait un autre jour. Elle se retourne, l'interrogeant du regard pour savoir si tout allait bien. Tarcot lui répond par un signe rassurant de la tête. Elle lui fait un signe d'au revoir, en lui donnant rendez-vous le lendemain matin à 9 heures, à son bureau. Quant au chef, il précise qu'il va faire ramener le commissaire chez lui ; étant donné son état, il valait mieux qu'il ne reprenne pas la voiture. Tarcot se retourne, le divisionnaire est assis, il semble soudain fatigué, véritablement épuisé même. Il lance son bras sur le côté, ouvre la porte d'un placard, en sort deux verres et une bouteille de scotch. Il fait signe à l'inspecteur Tarcot de venir le rejoindre. Tarcot s'approche, il se dit qu'après tout, la partie n'est peut-être pas terminée. Le divisionnaire débouche la bouteille d'alcool, Tarcot le regarde, puis lui demande comment se fait-il qu'il lui en reste encore, après tout ce que le commissaire avait pu boire. Le divisionnaire sourit, le moteur d'un canot s'approche sur le côté, sans parler, il ressort un troisième verre, qu'il pose sur la table et le remplit aussitôt. L'inspecteur ne dit rien et attend que le troisième larron se joigne à eux pour soulever son verre. Après tout, que risquait-il à boire un scotch avec son divisionnaire, fût-il un assassin d'assassins. Sans se prémunir d'entrée en matière, ce soir la diplomatie n'est pas son fort, Tarcot s'adresse au divisionnaire, sans éprouver de contrainte hiérarchique. Des pas sur le pont arrière annonce l'arrivée du troisième homme.

– Ils sont tous repartis en canot … C'est ça ?

- On ne peut décidément rien vous cacher inspecteur… Oui, Paul s'est chargé de tous les raccompagner sur l'autre rive… Ils ne pouvaient pas rester ici… Avec vous dans les parages… Et au passage… Félicitations pour votre intervention auprès de la brigade… C'était malin…
- J'aurais peut-être dû rester sur cette péniche, pour vous empêcher d'agir… Qu'est devenue la personne qui était enfermée dans cette cabine ?

L'inspecteur désigne de sa main la cabine que Dutertre venait de visiter. Les bruits de godillots s'approchent, descendent les marches, Tarcot se retourne, il s'agit du marin entraperçu sur le pont tout à l'heure. Il regarde le divisionnaire, sans poser de question, celui-ci lui indique le verre rempli, le gars s'assoit au bout de la table, puis avale d'un trait son verre puis le repose tout aussi sec. Le divisionnaire approche la bouteille et lui ressert un autre verre immédiatement. Tarcot porte le verre à sa bouche et boit une bonne rasade de scotch, le liquide coule dans sa gorge, brûlant au passage son arrière-gorge. Le parfum qu'il laisse en bouche est assez équilibré, il en reprend une nouvelle gorgée.

- Inspecteur, je vous présente Paul, le pilote, chef mécano, cuisto, toubib, batelier, chaudronnier, pêcheur de cette péniche… Il a toujours vécu là. Grâce à lui et à cette respectable dame, de sa main, le divisionnaire fait un salut en mimant un chapeau que l'on ôte, il leur a été permis de sauver des dizaines et des dizaines de vies. Toutefois inspecteur, sans l'action de vos parents, tout cela aurait été impossible. Voilà, sous l'Occupation, Paul était résistant et faisait partie du même groupe que celui de vos parents.

Tarcot ne dit rien, puis observe le marin qui lui adresse un sourire discret. En une toute autre situation, il aurait aimé cet homme, se dit Tarcot. Paul prend son verre le rapproche de ses yeux bleu clair, puis le fait tourner dans sa main, et en boit une bonne lampée.

– Pourquoi avoir attendu ces cinq longues années avant de passer à l'acte ?
– Pensez-vous qu'il soit aisé de tuer un homme inspecteur ? Nous voulions faire confiance en notre justice, mais je crois que tant que les années ne nous éloigneront pas de ces horribles années de guerre, nous retrouverons des hommes un peu partout dans nos administrations, et souvent en très haut lieu hiérarchique. Alors comment voulez-vous, que vous et moi, simples flics, nous puissions agir et faire condamner ces salopards. Voilà tout, comme vous, j'ai attendu, j'ai espéré, mais en totale impuissance. Les seuls individus que l'on jugeait n'étaient que du menu frottin. Tout autant responsables, mais eux ne disposaient pas des mêmes privilèges que d'autres. Alors eux, oui, pour l'exemple ils ont pris de lourdes peines. Mais les autres, les donneurs d'ordres, les véritables collabos, que sont-ils devenus ?
– Mais pourquoi ne pas divulguer leurs noms et leurs passés, à la justice ? Au préfet ? Au ministre ?

À ce nom, le marin eut un mouvement de recul, il faillit renverser son verre. Tarcot s'en rendit compte, sans pour autant en faire état.

– Merde, tout de même, il existe des moyens autres que cette solution extrême de l'assassinat… Non ?!
– Croyez bien que cette solution a été mûrement réfléchie… Et que c'est en pleine conscience qu'elle a été appliquée inspecteur. Et je tiens à vous préciser également, qu'il ne s'agit pas d'assassinat ni de meurtre mais d'exécution.
– Vous savez, tout comme moi, que l'on ne peut pas se faire justice soi-même. Lorsque vous parlez de cette horrible période, là avec vos agissements, vous ne faites que les perpétuer de façon aussi horrible. Je ne peux pas vous suivre sur ce terrain.

Malgré tout, Tarcot doutait de lui, il ne savait pas comment il réagirait, lorsqu'il apprendrait le nom du type responsable de l'arrestation de ses parents. Comment réussirait-il à conserver son sang-froid s'il avait à se retrouver face à face. Le divisionnaire était habile, il parlait de ces exécutions légitimes à ses yeux, sans pour autant dire qu'il en était l'auteur. Tarcot devait trouver le moyen de le faire déraper sur ce terrain. Il devait lui reparler du frère et de la sœur, et savoir pourquoi ils étaient présents sur cette péniche ce soir. Il irait au bluff pour la victime. Il commençait à comprendre qu'il devait s'agir d'un haut-fonctionnaire. Les autres, bien que responsables, n'étaient que des pions anonymes. Leurs exécutions avaient pour but de rendre les derniers jours de cette cinquième victime, cauchemardesques. Il devait sentir le couperet arriver, sans pour autant pouvoir l'éviter.

– Pourquoi mutiler les victimes avant de les exécuter ?
– Paul… Acceptes-tu de montrer à notre cher inspecteur, l'état de tes mains, et celui de ton dos ?

Le marinier allonge ses bras sur la table puis les pose à plat avec ses doigts ouverts. Tarcot regarde horrifié, malgré les années passées, la cicatrisation n'avait pas permis d'effacer les trop profondes plaies, et encore moins la forme tordue des doigts qui avaient été brisés un à un. Tarcot porte une main à sa bouche, pour ne pas montrer la grimace qu'il fait. Le type, bâti comme une armoire, se lève puis se retourne et quitte sa veste de marinier. Il soulève son pull et exhibe son dos au regard de l'inspecteur. La peau, miracle de la nature, s'est reconstituée et a façonné, avec les années, des bourrelets violacés, qui suivent tous une ligne en forme de chevrons, partant du centre de la colonne vertébrale pour aller jusque sur les flancs. On aurait dit que le bourreau s'était amusé à tracer des ailes avec un objet tranchant. Le divisionnaire précise que chaque coupure avait été faite de façon à ce qu'elle entaille chaque os qu'elle rencontrait. L'homme baisse son pull, puis enfile sa lourde veste de coton. Il se rassoit, puis termine son verre. Tarcot fait de même, il vide son verre d'un trait. Le divisionnaire remplit les trois verres à ras bord.

– Vous me demandiez pourquoi il avait été choisi de mutiler ces ordures ?
– …. Pourquoi les Zimberschtein étaient présents ce soir ? Gaillard, je comprends oui, mais pourquoi eux ?

- Lorsque vos parents ont été arrêtés, les parents de Jeanne et de Simon l'ont été aussi le même jour… Mais ça vous le saviez déjà… N'est-ce pas ?
- Oui, ils n'ont fait que confirmer ce que vous m'aviez écrit, je parle du courrier reçu ce matin…
- …

Inquiet, Paul regarde le divisionnaire qui ne réagit pas, mais à son regard il sait que l'inspecteur a mis droit dans la cible.

- Le soir, lorsque Jeanne et Simon sont revenus chez eux, Paul et son épouse étaient déjà dans leur appartement. Ils les ont emmenés directement jusqu'à leur péniche. Mais ils savaient aussi que sous la torture, certains pourraient parler. Alors ils ont décidé de lever l'ancre plus tôt que prévu. Leurs parents auraient dû être du voyage. Leur péniche a été arraisonnée un peu avant une écluse, pas très loin de Villennes-sur-Seine, mais Paul avait été averti par radio qu'ils allaient droit dans une embuscade. Alors bien avant le barrage, ils ont juste eu le temps, de déposer Jeanne et Simon et un autre couple sur une berge. Après, vous connaissez une partie de l'histoire, ils ont arrêté Paul et sa femme… Paul et sa femme ont été séparés, il ne l'a jamais revue. Paul n'a jamais su ce qu'il lui était arrivée. Paul a été torturé… Et sur la route qui le menait droit à la mort, en pleine forêt pour y être exécuté, au profit d'un virage lent, il a sauté du camion et s'est enfui dans la forêt. Trois autres personnes avaient aussi tenté leur chance, elles ont toutes été assassinées sur place.

– Nous avons tous payé le prix fort avec la perte des personnes que l'on aimait plus que tout au monde… Mais… Croyez-moi, nous ne devons pas ressembler à nos bourreaux.

Pour la première fois, Paul prend la parole, il pose ses énormes mains sur son verre, et le fait tourner lentement.

– Vous savez inspecteur, je respecte votre travail, et je sais que vous irez jusqu'au bout. Mais… Jamais je n'oublierai le regard de Lyson, lorsque les S.S nous ont arrêtés. Ce sont des monstres sanguinaires dépourvus d'humanité. Lorsqu'ils sont venus sur « L'Étoile du Berger », ils nous ont fait nous assoir là, ici, où vous êtes inspecteur.

De son doigt large, il désigne la place de Tarcot.

– Après ils ont fouillé toutes les cabines, ils ont ouvert les soutes, ils ont tiré des coups de fusils dans le grain, dans une soute, il y avait des meubles à livrer, ils ont tiré dedans. Ensuite, ils nous ont fait descendre, et pendant que leur chef appuyait un pistolet sur ma tempe, deux autres ont tabassé Lyson, là, sous mes yeux, sans aucune raison, pour le plaisir. Lyson était à terre, et moi je hurlais, je leur disais d'arrêter. Lyson me faisait signe de ne rien dire, vous comprenez, elle encaissait les coups sans rien dire. Ils lui mettaient des coups de talons dans le ventre, elle attendait un bébé ma Lyson, un bébé, vous comprenez. Ensuite, ils l'ont traînée par les cheveux et l'ont fait monter dans un camion bâché, et moi dans un autre. Je ne l'ai jamais revue. J'ai lu dans ses yeux la frayeur, l'incompréhension, la terreur et tout l'amour qu'elle me disait en silence. Alors inspecteur, ce dernier salopard, il sera pour nous, pour Lyson et notre bébé, pour Jeanne et Simon, pour vos parents, pour le frère du divisionnaire, et pour tous ceux qu'il a fait tuer. Lui, il signait nos arrêts de mort, comme on signe un bon de commande de marchandise, et vous voulez que l'on éprouve de la compassion pour cette ordure. Jamais, vous m'entendez inspecteur, jamais vous ne l'aurez vivant. Plutôt crever là, maintenant.

Paul avait les yeux rouges ; après toutes ces années, sa douleur était encore à vif. Ses cicatrices qui avaient été certainement les conséquences de sévices horribles et de souffrances insupportables, n'étaient rien en comparaison à ce qu'il éprouvait désormais aujourd'hui. Le corps est capable d'endurer des choses abominables, puis le temps répare, le temps cicatrise, mais en aucun cas le temps ne parvient à effacer ces meurtrissures de l'âme. Tarcot observe ce géant, fragilisé par cette torture quotidienne, il en éprouve une profonde envie de vomir.

– Vous comprenez notre problème inspecteur… Vous prenez la mesure et l'ampleur des dégâts ? Nous n'y voyons aucune chance d'en sortir autrement que dans un bain de sang.

Tarcot ne voyait plus d'issue à cette histoire, qu'allait-il faire ? Procéder à leur arrestation là sur-le-champ ? Il n'était pas certain que ce colosse se laisse faire. Et puis, à part des discours, il ne disposait d'aucune preuve. De l'empathie, il en éprouvait tant, qu'il lui était devenu impossible de garder un jugement objectif. Qu'allait-il faire ? Même si, au regard de la gravité de ce qu'il venait d'entendre, il devait continuer son enquête, il devait réorienter cette discussion en tâchant de contrôler un peu plus les débats. Ils venaient à peine de vider leurs verres, que Paul les remplissait à nouveau. La fatigue, l'émotion et l'alcool ne faisaient vraiment pas bon ménage. Tarcot voulait mieux appréhender le rôle du commissaire dans toute cette merde.

– Comment se fait-il que le commissaire ait été en possession des lettres, celle que les Zimberschtein m'avaient confiées ce matin ?
– Comment vous dire inspecteur, depuis le début, notre commissaire commet erreur sur erreur. Et lorsque je vous parle d'erreurs, elles ont toutes eu des conséquences dramatiques. Tout d'abord, il a choisi le mauvais camp durant cette guerre. Il n'est pas le seul me direz-vous. Mais quand d'autres ont traficoté avec l'ennemi, lui, pour se mettre bien avec les nazis, il arrangeait des petits rendez-vous, pour faire tomber les partisans.
– Mais pourquoi lui laisser la vie sauve ? Pourquoi ne pas révéler ses agissements ?
– C'est une ordure de la pire espèce, sans avoir à assumer le courage de ses actes, vous en conviendrez ! Ne voyant que sa carrière, il a su retourner sa veste au bon moment, son but ultime est sa promotion et se faire bien voir… Croyez-moi, ce n'est pas simple de travailler chaque jour avec lui, sachant tout ce qu'il a pu faire… Croyez-moi inspecteur, je n'exagère

absolument pas … Il me semble que Gaillard, vous l'a déjà dit, sa déchéance sera bien plus délectable que sa mise à mort. Pour lui, il en a été décidé ainsi. Ce sera une petite mort, une mort lente, où ses états de services termineront sur la place publique. Quant aux lettres, il a cru bon de vous les subtiliser et de venir me les apporter… À moi, ce con. J'ai donc joué le jeu. Il est tombé dans le panneau, il suffisait de lui dire que le Préfet avait besoin de ses services, en précisant qu'il devait être le seul à en être informé, pour qu'il baisse sa garde. Vous voyez, pour lui c'est simple de lui rabaisser le caquet.

– Il est peut-être encore temps de tout arrêter monsieur le divisionnaire ?
– Arrêtez avec ces « monsieur par-ci, divisionnaire par-là » … Cher inspecteur, vous, vous êtes dans l'exercice de vos fonctions, moi ici, je ne suis qu'un citoyen, un marin… Ernest le batelier en somme. Ma lettre de démission est partie chez le ministre ce matin, je ne serai officiellement plus un flic dans quelques jours.
– …
– Je n'attendrai pas d'être déchu, dégradé, rayé des cadres, et encore moins jugé et emprisonné cher inspecteur. Durant ma vie et ma carrière, j'ai déjà payé ma dette à cette société bien-pensante, qui juge les actes d'aujourd'hui, alors qu'elle commettait bien pire, il n'y a pas cinq ans.
– Faites comme bon vous semble… Que voulez-vous que je fasse…. Même si cela me torture l'esprit, je ne peux

rien contre vous, ni contre vous, Paul. Je pense que si je creusais encore et encore, je finirais peut-être par trouver une once de preuve. Mais cela suffirait-il à vous faire arrêter ? J'en doute. Puis, vous vous en doutez, je ne parviens pas à effacer de ma mémoire toute cette barbarie commise durant cette guerre. Qu'elle que soit la personne qui commet désormais ces mutilations et ces crimes, elle n'a rien à craindre à ce jour. Alors livrez-moi cette dernière victime, je vous en conjure.

– Comme vous l'avez si bien dit, inspecteur, vous ne pouvez pas faire grand-chose, d'autant qu'il est déjà trop tard. Les actes passés sont éminemment graves et justifieraient à eux seuls la guillotine. Mais encore faudrait-il pouvoir désigner *le* coupable. À moins que dans son immense mansuétude, notre bonne vieille justice décide de couper la tête à tout un groupe dont les membres n'ont aucun lien connu de rapprochement. On se connaît… Et après ? Vous venez de faire la connaissance de Paul ! Donc, ça ferait de vous un coupable ? Soyons sérieux inspecteur…
– Est-ce vous qui êtes responsable des assassinats de Lyon ?
– Ah vous n'allez tout de même pas me coller ça sur le dos en plus… Allons, Jean, soyons raisonnables.
– Il y a forcément un lien, ne me dites pas le contraire ?
– Oui, vous avez sans doute raison, mais là s'arrêteront vos allégations inspecteur, je ne vous dirai pas un mot de plus.

- Et Jeanne et Simon, pourquoi les avoir intégrés dans ce groupe ? Des survivants, il y en a eu beaucoup d'autres, n'est-ce pas ? Alors pourquoi ne pas les avoir contactés eux aussi ?
- C'est là où vous vous égarez, cher inspecteur. Ce n'est pas moi qui ai choisi de contacter qui que ce soit. Voyez-vous, Jeanne et Simon sont revenus sur Paris, et tout naturellement, ils sont allés voir si Paul était toujours là avec l'Étoile. Voilà tout. Et moi, je suis propriétaire de l'Étoile, associé avec Paul. Ce ne sont que les aléas de la vie qui nous ont mis sur leur chemin, voilà tout.

L'inspecteur Tarcot ressentait les effets de l'alcool, son esprit était complétement embrumé, Paul n'avait pas l'air mieux. Il faut dire que lorsqu'il buvait un verre, le marin en buvait deux. Le divisionnaire étend son bras, ouvre la porte du placard et en ressort une bouteille dont la couleur ambrée du breuvage semblait tenir toutes ses promesses. Tarcot regarde le divisionnaire faire sans trop réagir, mais au fond de lui, il sait que s'il boit un autre verre, il risque de s'écrouler. Pourtant il ne fait rien pour le dissuader de lui servir ce dernier verre, curieusement, il sait qu'il est en train de baisser sa garde, il sait que l'affaire est perdue.

Depuis combien de temps est-il là dans cette posture ridicule et humiliante, lui, un homme de son rang ? Il a mal, si mal, il ne peut bouger aucun membre, il a du mal à respirer, quelque chose lui obstrue la bouche, un goût de sang dans son arrière-gorge lui rappelle ce qu'il vient de subir quelques heures auparavant. Un véritable passage à tabac. Il se souvient être rentré à pied, comme chaque soir, en passant par les berges, c'est sa promenade préférée. Toutes ces histoires récentes ont chamboulé sa vie. Il a rencontré le divisionnaire, qui lui a proposé de visiter cette péniche. Lui, qui d'habitude ne voit personne, il n'aime personne en général. Il a décliné l'invitation. Puis, tout lui revient doucement en mémoire, alors qu'il s'éloigne des berges, il est frappé par derrière. C'est le trou noir. À son réveil, il était ligoté, bâillonné. Lui qui ne boit jamais, on lui a ouvert la bouche de force et fait boire une grande quantité d'alcool fort. Il devait y avoir un sédatif dans ce scotch, car, très vite il a senti qu'il perdait le sens des réalités, son esprit s'était embrouillé pour ensuite sombrer. Ce n'est que plus tard, qu'il a été roué de coups. Des gens cagoulés autour de lui, le frappent à tour de rôle, avec une hargne incompréhensible. Mais que leur a-t-il fait pour être cogné à ce point ? Sa tête est solidement attachée de façon à ce qu'elle reste droite. Où se trouve-t-il ? Il risque un regard en ouvrant un œil, le seul qu'il soit encore capable d'ouvrir. Il a mal, il souffre le martyre. Il éprouve une sensation étrange au bout du bras. Il fait sombre ici, il ne reconnaît pas les lieux. Son œil tourne dans tous les sens, ça lui procure immédiatement un étourdissement. Il essaie de se calmer, de reprendre ses esprits. Soudain les questions lui reviennent en bloc. Ce ne sont pas des questions d'ailleurs, on lui énonce des noms, rien que des noms, mais qu'est-ce qu'il en a à foutre de tous ces noms qu'on lui rabâche aux oreilles ?! Tout autour de lui, il y a ces gens, où est-il ? Il y a un type accompagné d'un véritable colosse, celui qui tape vraiment plus fort que les autres. À chacun de ses coups, sa tête résonne comme si elle allait exploser. Et puis il y a cette jeune femme et ce jeune homme, malgré leur masque, il distingue la jeunesse de leurs traits. Ils ne cessent de lui demander pourquoi, pourquoi, pourquoi après chaque coup qu'ils assenaient. Un autre type aussi est là, il lui semble le reconnaître. Ils ne perdaient rien pour attendre, quand il serait libéré, il commencerait par aller voir le ministre en personne pour faire arrêter toute cette bande de dégénérés. Mon dieu qu'il a mal, il essaie d'appeler mais aucun son ne sort, il tente de dégager sa gorge avec sa langue, mais un lien lui maintient la mâchoire fermée. Le jour se lève à peine, un léger courant d'air écarte le lourd rideau obstruant la fenêtre. Le faible filet de lumière suffit à faire étinceler quelque chose, là, juste devant son visage. Tout d'abord, il ne reconnaît pas cet objet sombre et long. Puis soudain, malgré la déformation de son visage, tuméfié par les coups, la frayeur habille les traits boursoufflés de sa figure. Un second petit souffle pousse à nouveau le rideau, de son œil gonflé, il parvient à véritablement distinguer ce qui ressemble à un tube, juste devant lui. C'est une arme, un fusil, qui se trouve à seulement quelques centimètres de lui. Les images, les articles, les assassinats devant les commissariats lui viennent en tête subitement. Pas lui, pourquoi lui ? N'a-t-il pas fait ce qu'on lui demandait de faire. C'était la guerre nom de dieu, ce n'était pas lui l'ennemi, il obéissait au régime. Il tente à nouveau de crier, de hurler, mais rien ne sort, il faut bouger, il doit se sortir de là. La lumière devient plus dense, il parvient enfin à voir un peu plus loin que le bout du fusil. Il semble attaché sur le bureau, et une ficelle part en direction de la porte. L'horreur est à son comble lorsqu'il prend conscience qu'il se trouve rigoureusement dans la même situation que ses anciens collègues. Mais eux étaient dans une voiture, alors peut-être que là, ce serait différent, comme une sorte d'avertissement. Il tente de bouger sa tête, impossible, ses jambes sont attachées si fortement aux pieds du fauteuil qu'il ne les sent plus, son sang ne circule plus. Ses bras sont solidement liés aux accoudoirs, il doit se détacher. Il tente un mouvement avec son bras gauche, impossible. Alors il se concentre sur le bras droit, l'horreur du bout de l'œil, à la place de sa main, il n'y a plus rien, si ce n'est qu'un bandage ensanglanté. Pourquoi ne ressent-il rien ?

Mon dieu que sa tête est lourde. Les mouettes font un barouf de tous les diables, mais où est-il ? Que fait-il là ? Il ouvre les yeux, malgré la faible lumière, ses yeux sont agressés par cet éclat presque insupportable. Il bouge à peine sa tête pour tenter d'identifier ce lieu, qu'il ne reconnaît pas. Il semble être dans une petite chambre, plutôt une cabine. La lumière du jour commence à poindre, quelques rayons discrets percent la fenêtre, elle est toute ronde, comme sur un bateau, oui, c'est ça, c'est un hublot. Il se trouve sur un bateau. Ça y est, tout lui revient, le divisionnaire, le commissaire, le scotch, le marin, les lèvres de Marie, il se redresse d'un seul coup. Erreur ! La lourdeur de sa tête est presque incontrôlable, mon dieu ce qu'il avait pu boire cette nuit. Il attend un peu avant de tenter de se lever à nouveau, mais cette fois-ci, tout doucement. Quelqu'un l'a forcément aidé à s'allonger ici, ôté ses chaussures, il regarde ses chaussettes. Il se rechausse, puis sort de la cabine. Il parcourt le couloir, tout semble vide, puis lorsqu'il arrive à la cuisine, qui fait aussi office de pièce à vivre, il y a Paul le marin. Paul lui adresse un bonjour, en soulevant légèrement la visière de sa casquette, en la pinçant entre son pouce et son index. Tarcot lui répond bonjour, mais le son qui sort de sa bouche n'est qu'un bruit rauque. À croire qu'il avait chanté toute la nuit. Il se racle la gorge, puis sort enfin un mot distinct. Paul lui sourit gentiment, malgré son air un peu bourru, Tarcot le trouve sympathique. Il lui propose un café, et lui désigne le pain et l'énorme terrine de terre cuite, contenant un pâté campagnard. Paul précise que, histoire de démarrer la journée avec un truc dans le ventre, rien ne valait un bon casse-croûte après une cuite. L'inspecteur a encore la nausée, mais il sait que s'il n'avale rien, il ne tiendra pas longtemps. Il n'a rien mangé depuis la veille à 14 heures. Il accepte volontiers. Paul lui sert une grosse tasse de café bien chaud, puis lui avance le pain et la terrine. Tarcot prend un couteau, puis se coupe un bon morceau de pain, tranche une copieuse part de pâté qu'il écrase sur la mie blanche. L'odeur du café lui monte aux narines, il ne sait pas encore s'il va immédiatement rendre, son estomac vide, ou accepter ce qu'il engloutit. Tout se passe bien, Paul avait raison. Le marin lui file une grande tape dans le dos, en rigolant, et en affirmant qu'il ferait un bon marin. Tarcot sourit, et s'étouffe à moitié.

– Jean, je m'appelle Jean, dit-il.

Sa gaieté n'est que de courte durée, l'enquête, les images du corps mutilé de Fournier, ce qui attend un homme ce matin, il est sans doute même déjà trop tard. Paul devine ses pensées sombres, et cherche à lui changer les idées, mais rien n'y fait. L'inspecteur doit y aller, il s'empresse d'avaler sa dernière bouchée, boit le café brûlant puis remercie chaleureusement

Paul. Paul le regarde, puis le saluant, il lui dit avoir l'impression d'avoir son père en face de lui. Tarcot ne s'imaginait pas ressembler à son père à ce point-là. Paul affirme que l'Étoile pourrait désormais l'accueillir n'importe quand. Il précise qu'un marin n'a qu'une parole. Tarcot est ému, il le remercie à nouveau pour son hospitalité. Il veut savoir si le divisionnaire est encore ici ou s'il est parti. Le marin précise qu'Ernest n'était pas resté dormir sur l'Étoile. Tarcot consulte sa montre, il est 6 heures 22, il n'est peut-être pas encore trop tard. L'inspecteur enjambe la passerelle puis se retrouve les pieds sur la terre ferme. Il presse le pas, et remonte aussitôt sur le quai de la Mégisserie jusqu'au Pont au Change. Marcher aussi vite au lendemain d'une bonne cuite, et juste après avoir avalé un sandwich au pâté, aussi bon soit-il, arrosé d'un café, n'était pas forcément la meilleure idée. Soudain un haut-le-cœur le prend, il n'a que le temps de se pencher par-dessus le parapet avant de rendre tout son petit-déjeuner. Il reste courbé quelques minutes, histoire de reprendre un peu ses esprits.

Même un pied, rien qu'un pied, il ne peut pas le bouger d'un pauvre centimètre. Le jour se lève, la lumière commence à inonder la pièce. C'est un bureau, mais pas le sien, où se trouve-t-il ? Il entend des pas derrière la porte du bureau, ce doit être un couloir. Il tente de taper ses talons sur le plancher, mais il est si solidement ficelé, qu'il lui est décidément impossible de faire le moindre mouvement. Les bruits de pas s'éloignent jusqu'à ce que le silence emplisse à nouveau la pièce. Le jour met en évidence le mécanisme de mise à mort devant lequel il se trouve. Le fusil est fixé sur une sorte de trépied d'acier, lourdement lesté de part et d'autre. L'homme regarde juste au niveau de la gâchette, où un système de filin l'entrave et semble tendu de chaque côté. Puis son regard se porte au-delà. De chaque côté le câble est relié au trépied formant une sorte de V. Petit à petit, il prend conscience du piège armé juste devant lui. À la pointe du V, un second filin est tendu juste au niveau de la poignée de la porte. Si bien que, lorsque la poignée sera actionnée, elle bloquera le lien d'acier, puis en ouvrant la porte, elle sera tendue au maximum, puis, elle exercera une traction sur le filin en V, ce qui déclenchera le coup de feu. Le supplicié aurait largement le temps de voir la porte s'ouvrir, sa terreur serait au paroxysme de l'horreur. Ce n'était pas tout, un second filin semblait relié au siège sur lequel il était attaché. S'il lui était permis de bouger, en faisant une sorte de bascule, il tendrait automatiquement le filin, qui déclencherait aussi la mise à feu. Il comprit qu'il n'avait aucune marge de manœuvre et aucune chance de s'en sortir seul. Il sentit l'espoir l'abandonner, il en avait presque oublié la douleur qui envahissait chaque partie de son corps. Il jeta un regard sur l'extrémité de son bras droit, où sa main avait été coupée. Il n'en avait aucun souvenir, comment cela était-il possible ?

Comment était-il rentré, il ne s'en souvenait pas, au volant de sa traction sombre, il devait retourner au 36. Quelle cuite il avait prise hier soir chez le divisionnaire. Il savait pourtant qu'il s'en sortait assez bien. Il ne pouvait pas en dire autant pour l'autre, mais après tout, lui, il n'avait fait que suivre les ordres. Il aurait bien voulu les voir, tous ces gens donneurs de leçon à cette époque, s'ils auraient eu le cran de désobéir aux

Allemands. C'est qu'ils ne rigolaient pas eux. Ce qui adviendrait de l'autre lui était complétement égal, lui au moins, il sauvait sa peau, le reste, il s'en fichait royalement. Son divisionnaire avait bien compris qu'il n'était pas un mauvais bougre. Au moment de quitter le pont au Change, il voit l'inspecteur Tarcot courir sur le côté en direction du 36.

- Que faisait-il si tôt au travail ? se dit-il. Il fait du zèle, quel fouille-merde, il ne pouvait pas se contenter de suivre les ordres, comme lui avait été contraint de le faire pendant la guerre. Les choses seraient plus simples. Il faudrait qu'il le convoque dans la journée, ça commençait à suffire cette désobéissance.

La voiture dépasse Tarcot, elle s'arrête à la hauteur d'un bistrot où il a l'habitude de prendre son petit café. Il est vrai aussi que les autres jours, il prend son café plus tard, bien plus tard, aux alentours de 9 heures. Là, il n'était que 7 heures, c'était vraiment trop tôt pour aller bosser. Sans le coup de fil de son divisionnaire, il pioncerait certainement encore, quelle poisse. Il n'avait pas trop saisi ce qu'il lui voulait, mais il avait tout de même compris que l'affaire arrivait à son dénouement, et qu'il lui en laisserait les honneurs. Il boit son café rapidement, le divisionnaire l'attendait à 7 heures 30 à son bureau. Si le divisionnaire se déplaçait jusqu'à son propre bureau, c'était qu'il avait finalement de l'estime pour lui.

- Déjà debout celui-ci, j'espère qu'il va en prendre pour son grade, se dit Tarcot en voyant la traction du commissaire.

Il passe à la hauteur de sa voiture, quand le commissaire doit être sans doute en train de se prendre tranquillement son café, alors que la vie d'un homme est en jeu. Tarcot est écœuré. Il continue sa marche forcée, et arrive enfin au 36, pratiquement essoufflé. Lui aussi, il va avoir besoin d'un café, là maintenant. Il salue le brigadier de faction, puis se dirige vers les locaux du personnel. Des hommes sont attablés et lorsqu'ils voient l'inspecteur arriver, les voix se taisent. Tarcot les regarde, puis leur adresse un bonjour collectif, quand l'un d'entre eux dit au débotté :

– Alors comme ça, on se farcit carrément le divisionnaire, puis on fait ramener le commissaire chez lui… Dans un drôle d'état…

Quelques rires moqueurs, mais pas méchants, fusent dans la pièce. Tarcot se dit que c'est de bonne guerre, il leur dit malgré tout, que ce soir ce serait leur tour, à sa demande il ferait venir toute une escouade chez eux, histoire de voir que tout était bien en règle et qu'il ne se torchait pas trop la tête, une fois leur service terminé. Il y eut d'abord un silence, puis quelques rires et enfin une franche rigolade. L'un des brigadiers se lève et lui sert un grand café, en lui affirmant qu'il a une tête à faire peur à toute une équipe de mort-vivants. À cet instant Dutertre débarque dans la pièce, elle salue ses collègues, qui ne se privent pas de la charrier également. Dutertre les rembarre gentiment, eux la surnomment « Inspecteur Duflair », célèbre inspecteur dans le magazine Mickey. Elle avait toujours le don de se mettre dans des situations compliquées. Mais ses collègues l'appréciaient particulièrement pour son sens aiguisé de l'observation, qui était développé bien au-delà de la moyenne. Elle se sert une tasse de café, puis, elle se rapproche de l'inspecteur. Elle lui dit que cette nuit elle n'était pas parvenue à dormir. Elle avait eu beau tourner et retourner cette histoire dans sa tête, malgré les nombreux dénominateurs communs, il manquait tout de même le facteur essentiel qui avait déclenché cette série de meurtre aussi tardivement. Les explications de l'inspecteur Gaillard n'avaient pas été claires à ce sujet. La nuit ne lui avait pas porté conseil. Alors, autant se lever et venir au poste pour reprendre l'affaire point par point. Puis la curiosité de savoir ce qui avait pu se dire dans cette péniche l'avait emportée sur son sommeil. Elle avait eu beau prendre cette affaire dans tous les sens, elle ne voyait pas ce qui avait pu leur échapper pour ne pas être capable d'identifier cette cinquième victime. Elle consulte sa montre, il était 7 heures 20, personne n'avait encore eu vent d'un quelconque assassinat. Tarcot lui confirme que, selon les affirmations du divisionnaire, la cinquième victime serait bien exécutée ce matin. Il ne savait pas où, mais il repense au courrier qui affirmait qu'il serait aux premières loges. Il préfère passer sous silence l'épisode alcoolisé de cet échange. La salle se vide petit à petit, chacun prend son service. Les policiers ne se privent pas au passage de taquiner Dutertre en l'appelant « inspecteur ». Il est temps de monter au bureau pour refaire le point. Tarcot ne parvient pas à admettre que la partie était perdue, perdue dès le départ. Au moment de sortir de la salle, ils voient le commissaire, montant les marches du perron. Tarcot fait signe à Dutertre de presser le pas, il n'était pas question qu'ils perdent leur temps à tenter d'expliquer l'inexplicable à un type qui ne pouvait en aucun cas disposer d'un avis objectif sur cette histoire. Au regard de son lourd passé, il valait mieux ne pas se trouver en travers de sa route bardée de mensonges et d'horreurs. Ils grimpent les escaliers aussi vite qu'ils le peuvent. Au loin ils entendent la voix du commissaire qui les appelle.

– Et merde, se dit Tarcot.
– Zimberschtein, Zimberschtein, se répétait l'homme.

Pourquoi ce nom lui disait quelque chose ? Pourquoi, hier soir, ils lui répétaient sans cesse ce nom en le frappant, en pleurant. Quelle année avaient-ils évoquée ? Ah oui, 42, il s'en était passé tellement de choses en 42. Comment se souvenir de tous ces noms ? Des nouveaux pas s'approchent de la porte, s'arrêtent. L'homme hurle aussi fort qu'il le peut, mais son cri, étouffé par le chiffon enfoncé dans sa gorge, ne laisse passer aucun son. Son seul œil qu'il peut encore ouvrir est écarquillé, il fixe la poignée de la porte. Il retient son souffle, écoute une voix derrière la porte, il croit reconnaître l'inspecteur Tarcot, il parle à quelqu'un, qui lui répond. Les pas s'éloignent à nouveau. L'homme est au bord de la crise de nerf, mais il sait que s'il bouge trop, il risque de déclencher lui-même le mécanisme fatal. En baissant son œil vers le bureau, il aperçoit une liste de noms, inscrits en lettres grasses sur une double page. Il semblait y en avoir un très grand nombre.

– Salut Tarcot…
– Bonjour commissaire…
– Bon je voulais vous dire, pour hier soir… Je n'étais pas dans mon état normal, il faut que cela reste entre nous… Vous me comprenez, n'est-ce pas ?
– Oui … Oui, bien sûr commissaire….

L'ignorait-il ou était-il ivre au point d'avoir oublié que c'était la brigade qui s'était chargée de le reconduire jusqu'à chez lui cette nuit ? Tout le monde en parlait ce matin, il était un peu la risée du 36. Mais comme d'habitude, il serait le dernier à en être informé.

- Bon… C'est bien… C'est bien… Je vous laisse, je suis attendu par le divisionnaire, mais je veux vous voir ensuite à mon bureau… Passez donc aux alentours de 9 heures. Je veux que vous me fassiez un compte-rendu détaillé de cette sale affaire…
- Oui, parfait… Je serai là pour 9 heures.

Le commissaire tourne les talons puis se dirige vers son bureau. Tarcot se demande bien pourquoi le divisionnaire veut rencontrer ce salopard aussi tôt. Alors, il fonce à son bureau, où Dutertre a déjà la tête dans les dossiers. Il décroche son téléphone puis compose un numéro interne, celui du divisionnaire. Il décroche aussitôt.

Qu'est-ce qu'il pouvait y avoir d'urgent à ce point pour le faire se lever si tôt, il fulminait après le divisionnaire, il était persuadé qu'il le faisait uniquement pour l'emmerder. Mécaniquement, il saisit la poignée de porte de son bureau puis l'abaisse nerveusement. La porte est fermée, fermée à clé.

- Quel abruti avait bien pu fermer son bureau à clé ? se dit-il.

Le pas se sont approchés, il les entend clairement, son rythme cardiaque accélère tellement qu'il peine à entendre autour de lui, tant le bruit de ses propres battements est fort. Il tente à nouveau de hurler, de gueuler, de grogner. La poignée s'abaisse, il ne voit qu'elle, c'est la fin. Il tente dans un mouvement désespéré de faire basculer la chaise, elle ne bouge pas d'un centimètre.

– Oui… J'écoute ?
– Bonjour monsieur le divisionnaire, inspecteur Tarcot à l'appareil… Je voulais…
– Ah mon cher inspecteur…. Alors vous vous êtes remis de votre petite soirée ?
– Oui… Oui… Je fais aller ! Monsieur…
– C'est le problème chez ces marins, dès que l'on met le pied à bord… On ne sait jamais trop comment on va en redescendre… De cette fichue péniche…
– Avez-vous convoqué le commissaire ce matin, monsieur le divisionnaire ?
– Oui absolument, inspecteur, mais en quoi cela vous regarde, dites-moi ?
– … Dans le cadre de cette enquête, vous savez que je ne peux pas me permettre de laisser tomber…
– Mais, je ne vous le demande absolument pas cher inspecteur, je vous l'ai dit hier, cette affaire est même considérée comme pratiquement bouclée… Si ce n'est pas encore fait notre cher commissaire en aura la primeur…
– Que voulez-vous dire ?
– Rien de plus, inspecteur, rien de plus… Soyez bon joueur et bon perdant…
– Je…

Tarcot vient de raccrocher son téléphone sans terminer sa phrase, il est inutile d'insister. Il n'a nullement envie de continuer dans ce délire de jeu, qui n'en est vraiment pas un. Dutertre l'observe, surprise, elle l'interroge du regard. Il se contente de se lever précipitamment, en lui faisant signe de le suivre. Tout en courant, il confie au brigadier ce qu'il vient de comprendre. Tout se mettait en place, là, devant ses yeux. Le courrier d'hier précisait qu'il serait aux premières loges. Le divisionnaire venait de lui confirmer ce qu'il appréhendait depuis longtemps, sans pour autant en avoir compris le sens. Mais là, tout s'articulait, il en était convaincu, le cinquième meurtre serait commis ici, au 36. Il fallait trouver le lieu, où il serait perpétré.

Qu'avait-il fait de ses clés, mais qu'est-ce qui leur prenait de fermer les portes maintenant ? Il fouille dans ses poches, rien. Bien sûr, il avait changé de pantalon ce matin. Mais les clés, il les met par réflexe dans la poche de sa veste. Il met ses mains dans chacune de ses poches. Là, il sent le trousseau, mais il est passé derrière la doublure, par le trou dans lequel il avait l'habitude d'y mettre un doigt. Il tente de tirer dessus, le trousseau résiste.

La porte est secouée vivement, sans pour autant s'ouvrir, elle semble fermée à clé, il redouble ses efforts, sa gorge lui fait mal. Que font-ils derrière, ils ne l'entendent donc pas ? N'ouvrez-pas… N'ouvrez-pas… Grogne-t-il.

Ah, enfin, il parvient à saisir l'anneau du trousseau de clés, puis il tire doucement dessus. Il entend un petit craquement, qui confirme que le tissu se déchire. Il ronchonne intérieurement, en se demandant comment ce trousseau était passé par ce si petit trou, alors qu'en tirant dessus il ne venait autrement qu'en déchirant sa doublure. Le trousseau est enfin sorti de la poche, le commissaire le brandit devant lui, presque victorieux, semblant même adresser un regard suffisant et supérieur aux clés métalliques. Sur les trois clés il a donc une chance sur trois de trouver la bonne immédiatement. Il en choisit une au hasard, qu'il tente aussitôt d'introduire dans la serrure. Elle ne rentre même pas.

C'est bien un bruit de clés qu'il entend, là, juste derrière la porte, il parvient à sortir un cri plus aigu qui semble percer le silence de la grande pièce. Ce bruit ne traverse pourtant pas l'épaisseur du tissu.

Le couloir tourne au bout du bâtiment, le commissaire est en vue, à l'autre bout mais que fait-il penché sur sa porte ? Est-il encore saoul ? Tarcot et Dutertre accélèrent encore.

– Bordel de putain de merde de clés à la con, mugit le commissaire.

Il prend la seconde, ce doit être celle-ci, ah déjà elle rentre c'est bon signe. Lentement l'acier entre dans son logement, des petits cliquetis attestent de l'engagement des crans de la clé. Il parvient à entendre chaque petit bruit, puis le son distinct d'une serrure qui se déverrouille.

La lumière est désormais suffisamment importante dans la pièce, pour qu'il puisse voir le verrou molette tourner et libérer le pêne qui entre dans son logement dans un petit claquement significatif. Ce n'est plus de la peur qui l'envahit, c'est au-delà, et encore moins de la résignation. Les liens de son pied droit se sont légèrement desserrés, en forçant un peu il devrait pouvoir taper avec son talon sur le plancher. Cela devrait donner l'alerte. Et après ? Que feront-ils ? Ils ouvriront la porte pour voir qui peut bien faire ce bruit. Tant pis, c'est sa dernière chance de signaler sa présence, après il sera trop tard. Le son est faible, mais il émet malgré tout un signal.

Il allait finir par être en retard et il savait que le divisionnaire n'aimait pas ça. Mais tant que sa porte n'était pas ouverte, personne ne pouvait l'attendre, puisque le rendez-vous était à son bureau justement. Il pose sa main sur la poignée, puis la baisse, mais au moment de pousser la porte, une main saisit son bras et le retient. Surpris, il se retourne et se trouve nez à nez avec Tarcot.

- N'ouvrez pas cette porte commissaire… N'ouvrez surtout pas…
- Mais vous êtes cinglé, inspecteur… Qu'est-ce qui vous prend… ? Lâchez mon bras, voulez-vous ?

Le commissaire a dans le regard une sorte de fureur méprisante, que Tarcot ne lui reconnaît que trop bien.

- Juste derrière cette porte, il y a probablement une arme… Dirigée contre vous !

Tarcot sait que s'il y a bel et bien une arme, elle devrait être dirigée contre la future victime.

- Qu'est-ce que vous me racontez là… Vous déraillez, il faut aller vous faire soigner mon p'tit inspecteur.

L'air du commissaire était suffisant et son attitude détestable, Tarcot regretta un instant de ne pas l'avoir laissé ouvrir cette satanée porte. Après tout, celui qui se trouvait sans doute derrière cette porte, ne valait pas mieux que cette espèce d'abruti. Avec prudence, le brigadier Dutertre réenclenche la poignée de porte pour la maintenir fermée. Par sécurité, elle donne un tour de clé. Médusé, le commissaire les regarde faire sans rien comprendre. Alors Tarcot prend le temps de lui faire un état des lieux sans pour autant rentrer dans les détails. Tarcot n'y va pas non plus par quatre chemins, il l'informe du risque qu'il a couru en sauvant sa tête, sans même s'en rendre compte. L'autre ne pipe pas un mot. L'inspecteur lui rappelle juste que son passé dégueulasse vient juste de le rattraper et qu'il se le prend en pleine gueule. Le commissaire tente de reprendre de sa superbe, et s'adresse à l'inspecteur en lui parlant sèchement, tentant vainement de donner des ordres. Tarcot ne l'écoute plus, il vient de transmettre ses consignes au brigadier Dutertre, qui sont de garder cette porte fermée quoi qu'il arrive. Il alpague deux autres brigadiers qui passaient dans le couloir pour remplacer Dutertre. Bien souvent dans ce vieux bâtiment, les bureaux correspondaient par des portes latérales, mais celles-ci pouvaient aussi être piégées. Comment allait-il faire ? Il frappe à la porte, appelle plusieurs fois, pour voir si on l'entend. Au début il n'a pas de réponse, tout du moins, il n'identifie par les petits chocs répétés sur le plancher, comme étant un signal. Il fait taire tout le monde dans le couloir, le commissaire râle, histoire de ne pas perdre la face devant toute une assemblée de subalternes qui commence à se regrouper avec tout le raffut qu'ils font. Oui, c'est bien un signal qu'il a entendu. Il décide de parler à la personne retenue derrière la porte avec des questions simples un code simple. Pour dire oui un seul choc et deux chocs pour dire non. Rapidement, il comprend que l'homme est attaché, sous la menace d'un fusil. Il est blessé. Il ne peut pas voir s'il existe un autre système relié à l'arme, il ne distingue qu'un seul filin fixé sur la porte principale.

Il faut agir rapidement pour que tout paraisse naturel, alors il doit rappeler le garage immédiatement pour s'assurer que tout est prêt. Faire comme ils avaient prévu, si les choses tournaient mal, tout du moins en ce qui concerne le plan A, s'il ne fonctionnait pas, l'autre solution était parée à fonctionner. Il fallait juste s'en assurer. Jouer avec les nerfs des personnes qu'ils avaient sous leur joute, pendant cette guerre, était leur spécialité. À leur tour, d'en mesurer l'intensité de l'horreur qu'ils avaient orchestré.

Peut-être que faire un trou dans cette porte latérale, suffirait pour observer et évaluer la situation. À moins que comme dans le scénario des automobiles, l'une des portes soit ouverte. Il peut supposer que la porte communicante serait ouverte également. Le commissaire s'excite tout seul, laissant entendre qu'il y aurait des sanctions exemplaires. Tarcot ne l'écoute pas, avec Dutertre il entre dans le bureau d'à côté, occupé par deux autres inspecteurs. Il leur explique brièvement la situation. Les flics désignent la porte communicante, tout en lui précisant qu'ils ne l'ont jamais utilisée, laissant entendre que moins ils voyaient le commissaire et mieux ils se portaient. D'ailleurs une étagère bourrée de dossiers encombrait son accès. À quatre, ils ne mettent pas trop de temps à libérer le passage. Tout d'abord Tarcot examine la poignée, en l'actionnant tout doucement, il ne ressent aucune résistance. Alors, il baisse la poignée jusqu'au bout. Il tire sur la porte délicatement, elle semble libre de tout mouvement. Tout en ouvrant petit à petit la porte, Dutertre se penche pour voir si un mécanisme la relie à l'arme. Le champ est libre. La porte est enfin ouverte, l'homme ficelé au fauteuil, gémit, pleure, hurle, mais ses cris ne sont que des grognements inaudibles, presque bestiaux. Tarcot avance vers lui tout en examinant les filins fixés de l'arme à la porte principale. Soudain, Dutertre le retient, en lui criant :

– Stop !

À environ dix centimètres du sol, un fil est tendu, barrant le chemin d'accès jusqu'à l'homme. Le filin au ras du tapis, ne se voit pas dans cette zone encore peu éclairée par le soleil. Il est fixé au filin principal, chargé de déclencher la gâchette. Encore un pas et il provoquait un véritable drame. Du coup, avant de continuer le moindre pas, ils regardent autour d'eux, tout en parlant au malheureux type attaché pour tenter de le rassurer. Tarcot le regarde, son visage lui dit quelque chose. Puis, plus il le regarde et plus il éprouve du dégoût pour cet homme qui, selon le divisionnaire, Gaillard, Paul, Jeanne et Simon serait à l'origine du meurtre de ses parents et de tant d'autres personnes.

Il cherche à faire abstraction de ce qu'il a devant lui, ce tas de merde qui le répugne, il se dirige vers la porte principale, pour observer de plus près, ce mécanisme diabolique.

– Ingénieux, se dit-il.

S'il détache le filin à cet endroit, cela bande immédiatement le tout, par un système de tendeur. Dutertre a entrepris de tirer le fauteuil sur le côté, pour que le type ne soit plus dans le viseur de l'arme. Tarcot vient à sa rescousse, il valait mieux procéder autrement. Une fois l'homme hors de portée de l'arme, elle entreprend de le détacher méthodiquement. Une fois son bâillon retiré, elle a un coup au cœur. Malgré le visage déformé et tuméfié par les coups qu'il a dû recevoir, l'homme qui se trouve devant, est celui qui a accueilli les nouvelles recrues de la police nationale. Il était celui qui, quelques mois, auparavant avait fait un discours, sur la loi et l'ordre. Il était celui qui avait revendiqué haut et fort les notions sur lesquelles sont basées cette patrie Républicaine, en faisant tout l'éloge des droits de l'Homme en évoquant, la liberté, l'égalité et la fraternité, mais aussi, l'aide et le soutien, qu'ils devaient apporter à la population. C'était l'homme qui avait parlé de justice et d'exemplarité. L'uniforme qu'il portait désormais était la vitrine représentative des plus hauts pouvoirs de l'État. Dutertre a sa main devant sa bouche devant l'horreur qu'elle vient de découvrir. L'homme la dévisage, qu'attend-elle pour lui détacher les bras, le conduire à l'hôpital ? Tarcot arrive à sa hauteur et reconnaît également l'homme qui se tient là devant lui, l'homme aux centaines de meurtres, responsables de tant d'assassinats. Ce n'est autre que le Préfet. L'inspecteur regarde le brigadier qui semble pétrifié d'horreur. À cet instant précis, tout d'eux ont hésité, repositionner cette ordure dans l'axe du tir et déclencher l'arme, aurait été une solution expéditive. Mais, ni l'un ni l'autre, n'en a le véritable désir. Leur vertu professionnelle les en empêche. Leur hésitation suffit à laisser le temps au type de pousser un cri presque inhumain. Les deux autres inspecteurs, restés en retrait attendant l'ordre de Tarcot, font irruption dans le bureau. Tarcot n'a pas le temps de les prévenir de la présence du piège situé juste au niveau de leurs pieds. Le premier rentré, trébuche sur le fil tendu au sol. La détonation du coup de fusil fait sursauter tout le monde. Tout d'abord dans un réflexe inutile, Tarcot baisse la tête, en se protégeant de ses bras, réflexe bien inutile face à une arme de guerre. Il ne voit pas la scène qui se déroule juste à côté de lui. La balle du fusil transperce l'épaule du brigadier Dutertre, la projetant violemment vers le mur. Les brigadiers de faction, derrière la porte dans le couloir se jettent sur le côté, bousculant au passage le commissaire. Tarcot se redresse puis se rend compte que sa coéquipière est touchée, il se précipite vers elle, son épaule est en sang, son bras a une position anormale. Sous la force de l'impact, l'épaule a probablement été luxée. Le type se remet à beugler comme un âne, des coups violents font trembler la porte principale, qui finit par céder et s'ouvre à toute volée. Tarcot est penché sur le brigadier qui consciente, lance un timide :

– Désolé inspecteur… C'est bien ma veine.

Tarcot lui adresse un sourire encore plus désolé, en se demandant pourquoi il l'avait entraînée dans ce merdier. Il examine la jeune femme, qui grimace de douleur. Le sang commence à transpercer les vêtements, il faut agir vite. L'autre continue de beugler comme un âne, Tarcot se retourne et lui intime l'ordre de se taire. Sous l'effet du stress ses mots sont sortis plus fort qu'il ne l'aurait voulu. Le préfet se tait, l'effet de surprise lui cloue le bec. L'inspecteur Tarcot charge l'un des inspecteurs de prévenir les secours. L'inspecteur, responsable de la maladresse qui aurait pu coûter la vie à Dutertre, est pétrifié, face à elle, il ne bouge plus. Le second prend l'initiative de se rendre à son bureau pour appeler les secours. Arrivé à son bureau, le divisionnaire et l'inspecteur Gaillard sont là. Il ne les avait pas vus, là, juste derrière la porte. Le divisionnaire lui adresse un mot puis, d'une tape amicale sur l'épaule, lui précise qu'il se charge de prévenir les secours. Ensuite, Gaillard propose à l'inspecteur de descendre avec lui sur les quais, pour attendre les secours, afin de les guider jusqu'au bureau du commissaire. De l'autre côté du bureau, Tarcot entend quelqu'un lui crier que les secours sont en route, ils descendent les attendre. Tarcot ressent un étrange pressentiment, le préfet se met à geindre à nouveau, il faut s'en occuper, il verrait cela plus tard. Quelque chose le chiffonne. Tarcot secoue l'inspecteur, il le charge d'aller porter secours au type attaché. L'inspecteur réagit puis se dirige vers le Préfet. Il commence à le détacher doucement, puis se rendant compte à qui il a affaire, il interroge du regard Tarcot, qui ne se donne pas la peine de lui expliquer quoi que ce soit. Le bureau grouille de monde, que Tarcot est obligé de faire évacuer. Le commissaire jure ses grands dieux que cette histoire va être tirée au clair, il s'en chargera personnellement. Dans la précipitation et la bousculade, Tarcot vient d'entrevoir Gaillard et le divisionnaire dans l'encadrement de la porte. Leurs regards se sont croisés un bref instant, il a cru y lire de la déception. Puis, leurs silhouettes ont disparu dans la cohue, mais l'image de leurs regards revient à l'esprit de Tarcot. Il ne croit pas à leur résignation, ils préparent autre chose. L'inspecteur ayant déclenché le coup de fusil, se confond en excuse, il est au petit soin pour le brigadier. Le préfet est allongé à même le sol. Des couvertures sont apportées aux deux blessés. Le préfet recommence à se plaindre, à gémir, à délirer. Le brigadier Dutertre est calme et serein malgré l'état de son épaule, elle endure la douleur avec dignité et courage.

Alors les choses se bousculent, sans que l'inspecteur Tarcot en saisisse le sens immédiatement. Entre le moment de l'appel et l'arrivée des secours, le temps lui paraît finalement assez rapide. Les deux infirmiers arrivés portent secours au préfet en premier, en l'examinant sommairement. Au moment de le charger sur un brancard, Tarcot leur demande s'ils comptent examiner le brigadier, estimant que la gravité de sa blessure nécessite aussi une urgence. Les deux infirmiers semblent hésiter, se consultent d'un regard, puis vont vers le brigadier. Elle leur dit de s'occuper du préfet d'abord, elle peut attendre encore un peu. L'homme gémissait, il délirait à moitié, avec tout le sang qu'il avait perdu, il était extrêmement faible. Au moment de quitter le bureau, chargés du préfet sur le brancard, les infirmiers s'arrêtent. L'un des deux précise qu'ils descendent cet homme jusqu'à l'ambulance, aussi vite que possible puis, ils remonteront pour prendre en charge le brigadier. En attendant, il fallait que quelqu'un se charge de maintenir une pression constante sur la plaie du brigadier, pour éviter que l'hémorragie ne continue. Dutertre affirme qu'elle peut les suivre à pied, elle devrait pouvoir s'en sortir. Après réflexion, l'infirmier qui semble diriger l'opération précise qu'elle ne doit se lever sous aucun prétexte. Elle pourrait subir un état de choc qui lui serait fatal. Qu'elle patiente, ils vont revenir. Les commentaires vont bon train, les langues se délient, le préfet attaché dans le bureau du commissaire suscite beaucoup d'avis. Certains s'étaient tenus d'assez près pour voir l'état dans lequel il se trouvait. Le poignet sectionné, le visage ravagé. Tarcot se charge de contrôler si son collègue applique bien les consignes du secouriste. L'homme est consterné, il ne cesse de répéter qu'il n'avait pas vu le filin. Malgré la douleur, Dutertre lui redit qu'ils étaient responsables de cette situation, ils auraient dû désactiver le système de mise à feu en premier. Tarcot lui sourit, il la trouve vraiment courageuse, elle dispose vraiment de toutes les compétences pour devenir inspectrice. Il se veut rassurant, il lui prodigue quelques mots sympas et réconfortants. Il jette un œil sur le commissaire qui s'est assis dans un coin, ne bougeant plus, il s'est comme subitement éteint, le regard dans le vague. Prenait-il, subitement, enfin conscience que les hommes avec qui il avait œuvré durant la guerre, étaient éliminés les uns après les autres ? Comment pouvait-il avoir gardé cette attitude aussi dédaigneuse durant toute cette enquête, se sachant lui-même en danger ? Où peut-être n'était-ce qu'une façade ? Dutertre tente de bouger un peu, elle ne se sent pas très bien, il tente de la calmer en lui parlant, mais au fond de lui, il commence à trouver que le retour des secouristes se fait attendre.

– Que font-ils, que font-ils bordel ? dit-il tout haut.

Dans le couloir, on entend une bousculade avec des voix qui crient de se pousser, les deux secouristes entrent en trombe dans le bureau. Ils jettent un œil circulaire puis l'un dit très fort :

– Où est la victime… Dégagez-moi cette pièce ?

Tarcot n'avait pas spécialement regardé les secouristes, il se retourne et réalise soudain que ces deux secouristes ne sont pas les mêmes que ceux qui venaient de prendre en charge le préfet. Pendant que l'un s'affaire auprès du brigadier qui est devenu pâle comme un linge, Tarcot interpelle le second qui pose le brancard auprès de Dutertre.

– Mais c'est quoi ce bordel ? Vous êtes venus à combien de secouristes ?

– Bah… Nous ne sommes que deux… Pourquoi, cette question ?
– Mais… Et les deux autres secouristes, ceux qui transportaient la première victime, vous les avez bien croisés ?
– Écoutez, on nous a appelés pour un blessé par balle, nous ne sommes venus qu'avec une seule ambulance, c'est dans notre procédure…
– Procédure… ? Quelle procédure ? Vous êtes venus avec une seule ou deux ambulances ?

Tarcot avait déjà la réponse.

– Bah oui, bien évidemment, une victime, une ambulance… Mais pourquoi cette question ? Y a d'autres victimes ailleurs ?
– Putain de bordel de merde… Laissez tomber… Occupez-vous bien de Marie… Vous en êtes spécialement responsables… Vous m'entendez… ?
– Eh oh, là … Tout policier que vous êtes, nous on connaît notre boulot, donc, faites le vôtre et laissez-nous faire le nôtre…

Tarcot était déjà parti en courant, gueulant des :

– Désolé, désolé.

Il descend les escaliers en trombe jusqu'à l'accueil où il interpelle le policier de faction.

– Avez-vous vu les secouristes avec un brancard, transportant un blessé ?
– Bah, oui d'ailleurs c'est bizarre, moi j'ai appelé les secours pour un blessé, et là je vois presque aussitôt, les ambulanciers qui débarquent. Ils sont montés

directement sans que je leur dise où était la victime. Ils repassent avec leur blessé, ils l'ont emmené. Et là, même pas cinq minutes après, je revois deux autres secouristes… Vous avez combien de blessés là-haut ?

– Deux, bordel, on avait deux blessés… Qui vous a appelé, brigadier, qui vous a dit d'appeler les secours ?
– Un instant, je demande à mon collègue…
– …. Vite, s'il vous plaît… Ça urge là…

Tout en disant cela, il se rue vers la sortie, il n'y a plus qu'une seule ambulance, il s'y rend à tout hasard, mais il sait qu'il est déjà trop tard. L'ambulance est vide, ce doit être celle prévue pour Dutertre, la seconde est partie, volatilisée. Le divisionnaire, et peut-être Gaillard, ont fait enlever le préfet sous son nez. Il ne le retrouvera pas, il le sait. Il retourne à l'accueil, les deux autres secouristes sont déjà au rez-de-chaussée avec Marie sur le brancard. Tarcot se penche vers elle et lui adresse un mot de soutien et un petit sourire, il lui caresse doucement le front. Malgré la douleur de son épaule, Dutertre demande si le préfet est en sécurité. Il lui précise juste de ne pas s'en faire et qu'elle a fait du bon boulot. Il demande aux secouristes vers quel hôpital ils emmènent le brigadier. Il prendra le temps d'aller la voir à l'Hôtel-Dieu.

Il regarde l'ambulance s'éloigner, la sirène transperce le quai des Orfèvres pour aller s'épandre sur les rives calmes de la Seine. Tarcot retourne à l'accueil, il doit tirer cette histoire au clair. Il donne l'alerte, il faut retrouver cette ambulance à tout prix. Chaque équipe doit être informée. Un message radio est lancé à chaque patrouille motorisée. Même si les chances de dénicher le véhicule sont réduites, il faut tout tenter immédiatement. Des équipes partent en courant rejoindre leur véhicule, en démarrant sur les chapeaux de roue, toute sirène hurlante. Il ne lui reste plus qu'à attendre au poste l'appel de celui qui débusquera l'ambulance. L'inspecteur qui avait déclenché le coup de feu, est assis auprès de l'accueil, Tarcot n'y avait pas prêté attention. Il va le voir, et tente de le rassurer en disant que bien qu'impressionnante, la balle était ressortie, s'il n'y avait pas trop de dégâts dans l'épaule, ça ne serait vite plus qu'un mauvais souvenir. Puis il lui demande si c'était bien son collègue qui avait appelé les secours. L'inspecteur lui révèle que le divisionnaire s'en était chargé. D'ailleurs, avant d'appeler les secours, Gaillard lui avait proposé de descendre attendre les secours sur les quais. Et là, il a dû avouer qu'un grand bol d'air lui ferait du bien. Tarcot demande alors ce qu'est devenu Gaillard, lorsque les « secouristes » sont descendus avec le préfet ? L'inspecteur précise que les infirmiers avaient demandé si l'un d'entre eux pouvaient les accompagner jusqu'à l'hôpital. Voyant l'état de l'inspecteur, Gaillard s'était proposé et avait préféré monter à l'arrière de l'ambulance avec la victime pour l'accompagner jusqu'à l'hôpital. Il précise, qu'il ne se sentait pas de taille à les accompagner. Tarcot pense immédiatement que leur détermination à achever cette macabre entreprise, aurait probablement signé l'arrêt de mort de l'inspecteur. Il valait mieux pour lui qu'il ne soit pas monté dans cette ambulance. Tarcot s'adresse à l'accueil pour savoir si l'avis de recherche de l'ambulance avait donné quelque chose, sans vraiment trop y croire. Il leur demande d'appeler, l'Hôtel-Dieu à tout hasard. Il allait devoir procéder à la garde à vue de son collègue, l'inspecteur Gaillard. Il était désormais le seul témoin direct, a avoir été vu avec le préfet en dernier. Le divisionnaire était bien plus malin, malgré toutes les présomptions qui pesaient sur lui, il n'y avait pas l'ombre d'une preuve qui pouvait le relier au préfet.

Tarcot est dégoûté, il ne peut plus rien faire pour sauver le préfet, il en est conscient. La suite des évènements s'avère être plutôt inconfortable. Faire arrêter son collègue le mettrait dans une situation gênante à l'égard du service. Deux longues heures déjà se sont écoulées, et aucun signe de cette fichue ambulance. C'est terminé, se dit-il, il n'y a sans doute aucun espoir de mettre la main dessus. Il a besoin de prendre l'air, cette affaire est puante et il veut faire un *break*. Il fait prévenir qu'il se rend à l'Hôtel-Dieu, il n'a plus grand-chose à faire. Si toutefois l'ambulance est retrouvée, qu'on le fasse prévenir. Il sait qu'il sera pratiquement impossible de retrouver le préfet avant qu'il ne soit exécuté. Tarcot remonte à son bureau pour prendre ses affaires. Le commissaire semble avoir repris du poil de la bête. Il parle fort, donne des ordres. Quand il croise le regard de Tarcot, soudain il se tait puis disparaît dans les couloirs. Tarcot n'y prête aucune attention, des policiers demandent des nouvelles de l'état de santé du brigadier. Le chef de Dutertre vient aux nouvelles également. Tarcot l'informe du lieu de son hospitalisation. L'équipe est sympa et réconforte l'inspecteur qui en a bien besoin. Il ressort du 36 et longe la Seine jusqu'au petit pont puis emprunte la rue de la Cité jusqu'à l'Hôtel-Dieu. Il se dirige immédiatement vers le service des urgences, où on l'informe que le brigadier a été pris en charge par un chirurgien. Elle avait perdu beaucoup de sang, il fallait agir rapidement. Ça ne servait à rien d'attendre, l'opération risquait d'être longue et le brigadier ne serait pas apte à recevoir de visite, peut-être plus tard dans la soirée. Aucun autre blessé grave n'avait été réceptionné juste avant le brigadier. Découragé, Tarcot décide d'aller se balader. Il a faim, il doit manger quelque chose. Il remonte la rue d'Arcole, là il trouvera une brasserie pour se prendre un jambon-beurre et un bon café. En ce début de matinée, il fait bon, il déambule un peu, puis à quelques dizaines de pas devant lui, il observe une silhouette reconnaissable entre toutes. Il s'agit du divisionnaire, il décide de le suivre, peut-être qu'il le mènera jusqu'au préfet ! Alors qu'il s'apprête à commencer sa filature, le divisionnaire entre dans une brasserie. L'inspecteur s'arrête un peu, puis attend quelques minutes. Il ne ressort pas, peut-être s'est-il simplement installé à une table. Tarcot décide d'y rentrer à son tour. Il pénètre à l'intérieur, l'espace est joliment équipé de gros sièges aux armatures d'acier forgé, aux dossiers et aux assises recouverts de cuir vert. Le type derrière le comptoir le regarde et semble avoir vu un revenant, il garde la bouche grande ouverte un moment avant de lancer un :

– Bien l'bonjour.

Le divisionnaire ne semble pas être ici. C'est étrange, peut-être est-il sorti par une porte en arrière-boutique. Il examine la salle, rien ne semble anormal. Peut-être que le divisionnaire avait repéré l'inspecteur, et qu'il s'était volatilisé, il est vrai que Tarcot n'avait pas eu le temps de prendre de précautions, dans cette filature avortée, avant même qu'elle ne débute. Alors, le patron lui adresse la parole, un peu rigolo :

– Vous cherchez quelque chose ou quelqu'un peut-être ?
– Non, non, j'avais cru voir entrer un ami, mais… J'ai dû me tromper, dit-il peu convaincant.

Le barman ne semble pas dupe, il lui propose de lui servir quelque chose, en attendant que son curieux ami ne réapparaisse. Après tout, il fallait qu'il mange et prenne un bon café, alors il précise qu'il va s'installer en terrasse.

– Voilà, on fait comme ça, et prenez votre temps, souffler un peu ne fait pas de mal. Je vous envoie le garçon, dit le barman.

Quelques instants après, installé à une table, Tarcot laisse le soleil lui réchauffer le visage, il ferme ses yeux, l'espace d'un moment, pour savourer cette agréable pause bien méritée. Un garçon arrive, un grand mec un peu dégingandé, mais à la mine avenante et plaisante. Il adresse un grand sourire à Tarcot et semble le dévisager. Tarcot lui rend son sourire et lui commande un sandwich et un grand café. Il prend le journal, et parcourt quelques articles, sans vraiment les lire. Il ressent une profonde lassitude. Cette affaire était perdue d'avance, les dés étaient pipés. Il n'avait aucune chance de résoudre cette enquête. Il ne parvient pourtant pas à s'y résigner. Le serveur lui apporte sa commande, il lève les yeux pour le remercier, le divisionnaire est là, juste devant lui, tenant un plateau adroitement, il s'est substitué au serveur et il se charge de lui porter son sandwich et son café. Il s'est également commandé un café et un croissant. Il lui demande s'il peut s'installer à sa table. Tarcot fait signe oui de la tête, sans avoir encore sorti un seul mot.

– À quel jeu joue-t-il encore ? se demande-t-il.

Le divisionnaire demande des nouvelles du jeune brigadier, il promet que si le temps lui permet, il appuiera sa demande pour qu'elle passe inspecteur au plus tôt. Tarcot lève sa tasse de café à l'annonce de cette offre.

– Merci pour elle, monsieur le divisionnaire, ce serait en effet bien mérité. Mais, n'allez pas imaginer un seul instant que cette proposition de promotion servira en quoi que ce soit pour me dissuader d'achever mon enquête.
– Inspecteur… Cher inspecteur, si vous vous imaginez un seul instant qu'il a pu me venir une idée semblable, alors c'est que vous ne m'avez pas encore compris… Et croyez-le bien … J'en serais fort affecté…
– Que croire monsieur le divisionnaire ? Je vous sais intègre dans vos agissements, jusqu'à en perdre toute notion de bonne mesure. Vous vous égarez dans des chemins de traverse bien sombres. Vous me manipulez depuis le début, vous et Gaillard et d'autres probablement… Donc je me méfie… N'en soyez pas surpris !
– Soyez certain que mon but n'est pas celui que vous imaginez. Je n'ai rien à gagner de votre part à promettre une promotion simplement gagnée. J'ai lu son dossier, elle bosse dur, ses examens sont satisfaisants, et elle fait admirablement bien son travail, voilà tout.
– Vous m'aviez repéré dans la rue ?
– Oui, en effet, mais j'avais un avantage sur vous, je vous attendais. Donc je me suis arrangé pour que me vous repériez et que vous me suiviez jusqu'ici…

– Comment pouviez-vous être certain que je passerais par ici ?
– On pourrait parler de hasard, inspecteur.
– Mais alors pourquoi disparaître dans cette brasserie si vous teniez tant que ça à me voir.
– Les mauvaises habitudes… Savoir prendre ses précautions n'importe quand. Au début je voulais être certain que vous seriez seul.
– À qui voulez-vous que je confie la moindre vérité sur cette saleté de dossier ?

Le divisionnaire l'observe tout en tournant son café, des volutes de fumée s'échappent de la tasse. Tarcot saisit l'anse de sa tasse, puis boit une gorgée du breuvage amer, il est chaud, il se brûle un peu, mais qu'importe, il a besoin d'un électrochoc.

– Votre intervention de ce matin fut remarquable, vous étiez près du but.
– Je n'y crois pas un instant, vous aviez sans aucun doute envisagé cet autre plan, qui vous permettrait de récupérer le préfet… Vous vous rendez compte qu'il s'agit du préfet ?
– Parce que selon vous, il mérite de s'en sortir alors que les autres non ?
– Ne me faites pas dire ce que je n'ai pas dit, pour les autres il était trop tard… Mais pour lui, désormais tout le 36 sait qui il est. Vous pensez bien que le lien a été fait. Mais du coup, le faire chuter, comme le commissaire aurait suffi vous ne trouvez pas ? Ces hommes ont soif de pouvoir, le leur interdire à jamais,

les destituer en les déshonorant est sans doute bien pire que de les supprimer… Ne pensez-vous que je puisse avoir raison ?

– Pour ce qui est du commissaire, son affaire est réglée depuis ce matin. Tous les grands journaux de Paris ont reçu un dossier avec l'ensemble de ses agissements et la liste des noms des personnes qu'il a contribué à faire arrêter et à faire tuer. Demain matin, pour lui tout sera terminé.
– Et pour le préfet ?
– Demain matin aussi inspecteur, cette ordure vivra son dernier matin blême, comme il en a tant fait subir aux innocents.
– Que faites-vous de cette justice que vous avez clamée, que faites-vous de tous ces hommes et toutes ces femmes qui se sont battus et sont morts pour la liberté, pour l'égalité et pour cette « bon dieu » de fraternité ? Vous les trahissez, vous trahissez mes parents et votre frère, soyez en certain. Vous ressemblez à nos bourreaux d'hier, monsieur le divisionnaire.
– Vous ne lâchez pas l'affaire inspecteur, vous ne vous avouez pas vaincu aussi facilement que ça… Au fond, c'est vous qui avez raison, Jean, c'est vous qui êtes dans le vrai…. Croyez-vous sincèrement que je peux me regarder dans une glace depuis la fin de cette guerre ? Pensez-vous qu'il soit aussi facile que cela de donner la mort à un être humain ? Aussi monstrueux soit-il ? Vous pensez certainement que le soir, après ma journée de travail, je peux rentrer chez moi, tranquillement,

puis dîner et me coucher et dormir comme n'importe quel Parisien du coin ?

- Vous n'étiez pas contraint d'opter pour cette solution radicale et extrême. Vous n'étiez pas obligé de vous autoproclamer justicier, je ne vous plains pas, et je ne vous suivrai jamais sur ce terrain.
- Mon frère… Vos parents… Le frère de Gaillard… Paul… Et sa femme, étaient-ils obligés de porter secours aux personnes en danger et de mettre leurs vies et celles de leurs proches en péril ?
- Mais ça n'a rien à voir, de se mettre en danger ou mettre en danger ses proches, pour sauver des vies, et faire ce que vous faites… Vous ne pouvez en aucun cas faire de parallèle entre ces deux situations.

Le divisionnaire termine son café, pose sa tasse sur la table, semble réfléchir tout en tournant sa cuillère, qui frotte le fond blanc. Puis il lève sa tête, son regard change subitement d'attitude.

- Tenez, Jean, je ne vous présente pas cette illustre personne.

Tarcot se retourne, et là dans son dos se tenait le colonel Prigeant ; tout d'abord, sa surprise lui fait plaisir, et pourtant le colonel semble apprécier ces retrouvailles de façon assez mitigée. Tarcot ne comprend pas la présence du colonel, mais au regard de son attitude, son instinct le pousse à se méfier. Il reste sur la défensive en le saluant.

- Je suis heureux de vous voir Jean, sincèrement heureux.
- Moi aussi colonel, je suis content de vous voir, décidément, je vais de surprise en surprise. Je suppose

que vous allez vous aussi me dire qu'il ne s'agit pas d'une coïncidence ?

- En effet, je ne vous ferais pas l'affront de vous mentir…
- Oh, vous savez colonel, depuis le début de cette enquête, tout le monde me ment, sauf votre respect, à commencer par vous, monsieur le divisionnaire. Que me vaut cette visite colonel ? Vous allez me dire que vous venez prendre de mes nouvelles ou plutôt du jeune brigadier ?
- J'en arrive justement, je suis passé à l'hôpital, elle semble sortie d'affaire, mais elle est encore sur la table d'opération. Toutefois, on m'a dit que la balle l'avait transpercée, s'en occasionner trop de dégâts. Son épaule sera vite remise, ce sera rapidement un mauvais souvenir, et elle sera bien vite sur pieds.
- Trêve de bavardages, je crains de ne pas avoir le temps d'échanger des banalités, même si je suis heureux d'apprendre que ma coéquipière est hors de danger.
- Vous avez raison Jean, vous avez raison, nous vous devons bien plus qu'une simple vérité. Vous comprenez aussi que cette conversation ne sortira jamais de cette agréable terrasse.

L'inspecteur Tarcot acquiesce en baissant son regard, puis attend impatiemment et avec une soudaine inquiétude les révélations de ce nouvel acteur dans cette affaire. Car, il ne fait aucun doute que lui aussi y est mêlé. Le colonel appelle le garçon de café et passe commande pour un café. Lorsque le serveur arrive, le colonel se tait et attend qu'il s'éloigne pour reprendre la conversation.

– Vous n'êtes pas sans savoir que durant cette guerre, il y avait plusieurs camps. Il y avait les Allemands, les envahisseurs, mais avec eux on savait à quoi s'en tenir. Leur cruauté n'avait d'égal que leur soif de pouvoir et de domination. Le tout, motivé par cet aveugle désir d'ériger une race supérieure, en éradiquant tous ceux qui ne correspondaient pas à leur modèle. Le camp opposé, les Alliés, qui faisaient tout pour contrer cette horrible machination. Puis, il y avait ceux qui avaient choisi leur camp, le camp de ceux qui devaient l'emporter. En misant sur ce camp, ils signaient leur arrêt de mort. Mais, durant la guerre, ils étaient persuadés d'avoir choisi la bonne équipe en œuvrant au grand jour, comme nos quatre premières victimes, ils pensaient s'attirer les bonnes grâces du pouvoir dictatorial. Ils n'imaginaient pas une seconde qu'ils seraient les premiers à être trahis, lâchés par ceux à qui ils avaient vendu leur âme. On peut s'étonner, en effet, que la justice ne se soit pas occupée d'eux. Au moment de la débâcle, beaucoup de dossiers ont été brûlés ou perdus. Donc parmi toutes ces ordures, bon nombre est passé simplement à côté du couperet. Comment pouvions-nous rester silencieux, et ne pas agir ? Sans plus aucune preuve, nos marches de manœuvre étaient nulles. Nous les savions coupables, mais la justice réclame des preuves à charge. Ces hommes seraient ressortis libres, blanchis de tous leurs crimes et pouvaient se balader en toute impunité ! Impossible Jean, c'était juste impossible. Par conséquent, les survivants des groupes de résistants se sont contactés et nous avons créé une organisation secrète, pour chasser, débusquer et exécuter ces salopards. Nous savons que vous n'êtes pas d'accord avec cette méthode. Mais nous ne vous avons pas attendu pour leur régler leur compte. Et puis il y a ceux qui agissaient dans l'ombre. Ce sont ceux de la pire espèce, car à tout moment ils retournent leur veste, vous ne pouvez jamais savoir qui ils sont. Ils s'arrangent toujours pour faire porter le chapeau aux pauvres cons, comme ces quatre minables Pacard, Taillandeau, Salibert et Fournier. Eux n'étaient que des sous-fifres, exécutants de la pire espèce.

– Mais alors, pourquoi les tuer, s'ils n'étaient que les « soldats d'une organisation » ? Je pèse mes mots.
– Eux, tout comme le préfet méritaient et méritent cette mort.
– Et pour ceux de Lyon ?
– Ah, mon cher Jean, vous mettez le doigt sur un volet que la fin de cette guerre n'a pas permis d'effacer. Les hommes sont souvent cupides et avides de pouvoir et cette alchimie les rend cruels et stupides. Ce comportement aura été malheureusement vérifié aussi bien à Paris qu'à Lyon, et dans bien d'autres villes. Cette affaire, vous l'avez compris, est évidemment liée.
– Pour Lyon c'est vous qui vous êtes chargés d'exécuter ces hommes ?

– S'il avait fallu, je l'aurais fait sans aucun problème, ni aucun regret mais non, je n'ai pas eu cette lourde tâche à accomplir. D'autres s'en sont chargés.

– Si vous dites que ces histoires ont un lien, ce lien est-il seulement identifié dans le mode opératoire, ou bien, est-ce que cette organisation secrète sévit sur le plan national ?

– Je ne vous en dévoilerai pas sa structure ni sa composition, et il est bien entendu que ce qui se dit ici, se dit à un ami, mon cher Jean. Mais oui, il s'agit bien d'une organisation structurée, et croyez-moi, au regard du nombre de personnes qui ont eu à souffrir de cette guerre, de la pire des façons, nous n'avons aucun mal à trouver des volontaires pour nous aider dans cette triste mais nécessaire besogne.

– Vous n'avez pas peur d'être trahi par l'un des vôtres ?

– Nous n'avons rien à gagner, il n'existe pas de hiérarchie, ni aucune trace d'écrit ou d'ordre. La guerre aura eu le mérite de nous rendre encore plus méfiants. Alors, qui voulez-vous trahir ? Comment voulez-vous affirmer, qu'untel vous a contacté ? Personne ne voit personne. Si vous vous faites prendre, vous ne connaissez ni son nom, et encore moins son adresse. Vous ne disposez que d'un message, désignant le nom de la victime et l'étape à suivre, rien de plus.

– Mais alors, comment prenez-vous contact ? Vous avez un code ? Un lieu de rencontre ?

– Vous m'en demandez trop, mon cher Jean, mais oui, nous avons un lieu, où parfois, nous avons la possibilité de laisser un message, qui désignera tout un processus. Si un inconnu s'insinue dans ce rouage complexe, c'est le grain de sable, tout s'arrête, et la piste est impossible à remonter, ou à progresser.

– Il faut bien un élément déclencheur, qui mène à une piste puis à une autre. Alors à ce moment, un inconnu peut intervenir comme n'importe lequel d'entre vous, n'est-ce pas ?
– Si cela se passe ainsi, et heureusement ce n'est pas encore arrivé, nous avons plusieurs cas possibles. Le premier cas, tout s'arrête, là vous n'avez plus aucune piste à suivre. Le second cas, vous êtes plus malin, vous franchissez plusieurs étapes d'information, vous ne disposez pas des consignes portées lors du recrutement, et donc, vous ne pouvez pas vous identifier, donc tout s'arrête. Puis nous prenons nos précautions, chacun suit quelqu'un, nous ne sommes jamais seuls.
– Ainsi, vous ne vous faites pas confiance ?
– Non, ce n'est pas ça Jean, voyez par vous-même, Ernest n'était pas seul, ce matin, je me tenais en soutien, juste derrière vous.
– Je vois que vous avez pensé à beaucoup de choses, mais ce qui m'étonne tout de même, c'est que Paul connaît votre visage !
– Paul n'intervient jamais dans nos actions, je suis le propriétaire de la péniche sur laquelle il vit, voilà tout. Vos déductions ne sont que des suppositions, induites par ce que vous croyez avoir vu. Ce ne sont que vos

propres agissements, guidés par vos sens aiguisés de limier qui vous conduisent à imaginer ce que font les autres. Alors, vous oubliez un petit détail, celui qui fait la différence, mon cher Jean, c'est simplement cette notion de preuves qui vous fait défaut, n'est-ce pas ?!

– Pour sauver sa peau, l'homme est capable du pire. Vous ne pensez pas ?

– Oui, vous avez raison Jean, mais ces hommes ont déjà tellement eu à subir, que je peux vous garantir qu'ils n'iraient pas dénoncer les leurs. Puis, nous prenons aussi des garanties, nous ne confions pas n'importe quelle mission à n'importe qui. Personne ne rencontre personne.

– Sauf l'inspecteur Gaillard lorsqu'il vous a rencontré, monsieur le divisionnaire.

– Ce fut une exception nécessaire à l'aboutissement de nos affaires et nous savions qu'au regard de ce que son frère avait fait, il avait à cœur de laver son nom. Sous la torture, personne ne peut affirmer résister indéfiniment. On finit tous par trahir, si la mort ne nous emporte pas avant. Alors, on prie pour qu'elle nous emporte le plus vite possible.

– Pourquoi vous dévoiler à moi aujourd'hui ? À part le divisionnaire, je ne soupçonnais personne d'autre. Il y a Paul, le marin, Lucien Gaillard... Et là s'arrête cette liste. Je ne comprends pas l'intérêt ?

– Pour simplement respecter et honorer l'action de vos parents, celle du frère d'Ernest, celle de Paul et de sa femme Lyson et leur enfant… Et de tant d'autres. Cette guerre silencieuse est bien sale, vous savez, mais elle est impossible à stopper. Comme vous le dites, elle a désormais pris une telle ampleur que sa toile est désormais tissée bien au-delà de nos frontières. Vous n'y pouvez rien, nous n'y pouvons rien, et nous ne ferons jamais rien contre.

- Mais que faites-vous de notre justice, de nos lois, nous nous sommes battus pour conserver tout cela, n'est-ce pas ?
- Oui bien sûr, mais certains plus que d'autres, et d'autres n'ont fait et ne font que bafouer l'honneur de notre patrie, et le respect des Hommes.
- Mais en aucun cas, cela ne vous donne le droit d'agir seul, selon ce que vous dicte votre propre loi.
- Nous le savons tout ça, nous le savons…Tenez, vous voyez là-bas, derrière son zinc le patron, celui avec son béret ?

Tarcot se retourne légèrement puis examine le type essuyant ses verres.

- Eh bien durant cette guerre, vous savez ce qu'il faisait ? Il planquait dans sa cave, des familles en attente de transfert. L'homme qui vous a servi, a été arrêté puis torturé. Il a réussi à s'évader grâce à vos parents. Ils avaient tendu une embuscade, dans une ruelle, juste derrière la « commandanture ». Vous savez qui avait dénoncé le patron et le serveur ? Votre commissaire.
- … Je ne remets pas en cause les horreurs commises par toutes ces ordures, colonel, je remets en cause votre

façon de régler ces affaires en vous substituant à la justice.

- Je sais que nous ne sommes et ne serons jamais d'accord sur ce point Jean, mais ne me dites pas que vous n'avez jamais pensé, ne serait-ce qu'un moment, à venger vos parents en vous occupant personnellement de leurs meurtriers…
- Oh que non, bien évidemment, j'en ai fait des cauchemars, je les voyais au bout de mon arme et je m'appliquais pour ajuster mon tir. Mais ce n'est resté qu'à l'étape de cauchemars.
- D'où ma présence Jean, d'où ma présence.
- … Que voulez-vous dire colonel ? J'ai peur de vous comprendre.
- Ernest et moi-même sommes présents aujourd'hui pour vous recruter, tout simplement.
- Ah, tout simplement… Êtes-vous sérieux ?

L'inspecteur regarde tour à tour le colonel puis le divisionnaire qui ne le lâchent pas des yeux.

- Vous êtes sérieux !! Non mais je rêve ! Et que faites-vous de l'anonymat ? Je ne vous suis plus du tout là !
- Nous en avons longuement parlé, mon cher Jean, chacun dispose d'une position, sans être un fonctionnement hiérarchisé, il faut néanmoins parfois distribuer des rôles. Le vôtre vous attend au sein de cette armée secrète.
- Vous ne craignez pas que je vous dise oui, simplement pour vous piéger ?

– Mais enfin, Jean, qu'avez-vous comme document, comme preuve de notre conversation, de vos futures missions ? Rien, vous n'aurez jamais aucun document.
– Je décline votre « invitation » colonel, je ne veux pas renier mes engagements moraux vis-à-vis de ce auquel je crois, je veux parler de la justice. Je ne parle pas de votre justice.
– Jean décidemment, je vous apprécie profondément. La proposition reste ouverte Jean, on ne vous forcera en rien, nous respecterons votre décision.

Tarcot saisit son sandwich et commence à en croquer une bouchée, il n'en croit pas ses oreilles. Il se rend compte qu'il n'a rien avalé depuis hier midi, son petit-déjeuner pris sur la péniche, nourrissait les poissons-chats de la Seine. Son estomac crie famine. Il continue de manger sans dire aucun mot. Les deux hommes restent muets également, le divisionnaire commande trois pressions. Tarcot refuse, après ce qu'il avait bu la veille, il pensait ne plus être capable de boire un seul verre d'alcool avant au moins trois semaines. C'est le patron qui se déplace en personne pour leur servir trois demis remplis à ras bord, contre l'avis de Tarcot. La mousse coulait sur les sous bocs. Leurs regards à tous les trois sont emplis de respect et d'une expression d'estime que Tarcot ressent au plus profond de ses tripes. Il les examine discrètement tout en saisissant l'anse de la chope de bière. Contre toute attente, la première gorgée de bière coule doucement dans sa gorge, et est agréable à boire finalement. Puis le patron se retourne vers l'inspecteur Tarcot, le salue et lui affirme qu'il ressemble à ses parents. Il a le regard de son père et le bas du visage de sa mère. Tarcot lui rend son salut et lui adresse un sourire, tout en se disant, que décidément il était vraiment très loin de tout savoir de cette affaire. Même le patron semblait le connaître. Depuis le temps qu'il passe devant cette brasserie, comment aurait-il pu imaginer que ses parents aient pu contribuer à y sauver des vies ? Combien de personnes ses parents avaient-ils bien pu sauver ? Il pose la question au colonel.

- Jean, il est impossible de le savoir exactement… Mais, vous pouvez être certain que vous pouvez les compter par dizaines, à commencer par vous. En vous envoyant à la campagne, ils se garantissaient de ne pas avoir à vous mettre dans une situation dangereuse.
- Du temps où je me trouvais avec eux, à aucun moment je n'aurais pu imaginer qu'ils avaient une telle activité.
- Vous savez Jean, la réussite de nos actions, et par là-même, la survie des personnes dépendait de notre discrétion. De ce côté-ci, vous pouvez être certain que vos parents faisaient partie de ces personnes que l'ennemi ne voyait pas et ne pouvait pas soupçonner. Enfin, en admettant que les Allemands soient dupes, car eux avaient pour habitude de soupçonner tout le monde. Ils préféraient arrêter et torturer des innocents jusqu'à la mort, plutôt que de courir le risque de laisser un résistant en liberté.
- Et le préfet, vous comptez en faire quoi ?

Tarcot en avait marre de cette conversation, bien sûr il voulait en savoir beaucoup plus sur ses parents, mais son enquête ne pouvait pas être terminée.

– Ah mon cher Jean, Ernest avait raison de dire que vous ne lâcheriez pas l'affaire comme ça. Je vous admire et j'ai de l'estime pour vous. Vous êtes le portrait tout craché de votre père.
– Je ne fais que mon boulot colonel. Donc… Pour le préfet ?
– Jean, je préfèrerais vous dire de ne plus vous mêler de cette affaire, mais ce serait vous manquer de respect. Vous avez fait, je crois, tout ce qui était en votre pouvoir pour résoudre cette enquête. Mais là, nous arrivons à son terme et vous n'y pouvez plus rien. Même si on le voulait, on ne pourrait plus y surseoir, afin de vous permettre de sauver la vie de cette ordure.
– Pourquoi, cela ne devrait pas être compliqué de sauver une vie… Non ? Je me trompe ?

Le colonel sourit sobrement en se calant dans son siège.

– Notre organisation fonctionne un peu comme coule l'eau d'un fleuve, Jean.
– Je ne vous comprends pas.
– Et bien lorsque que vous déposez une barque sur l'eau, elle est immédiatement emportée par son puissant courant. Sa progression est inexorable jusqu'à l'embouchure pour disparaître dans l'immensité de la mer. Pour la barque, les paysages défilent, sans que rien ne puisse la stopper.

Tarcot ne comprenait toujours pas où il voulait en venir, et à vrai dire, il était excédé de toutes ces métaphores et autres surprises, de tous ces nouveaux rebondissements qui rendaient l'affaire impossible à résoudre. Elle ne ressemblait à aucune autre affaire.

- Je ne vous suis toujours pas, colonel.
- Je vous ai mis plusieurs fois sur la piste Jean, dit le divisionnaire.

Tarcot le fixe, interrogatif.

- Jean, précise le colonel, notre organisation fonctionne par strates. Non pas hiérarchiques, mais plutôt sous formes de compétences, et de missions réalisées à un instant T. C'est-à-dire, qu'une fois notre tâche accomplie, un suivant reprend le flambeau et ainsi de suite. Nous avons un système de code assez sophistiqué d'informations, dont vous me permettrez d'en taire le fonctionnement. Une fois la mission 1 achevée, le commando numéro 1 transmet son message au commando numéro 2, mais il ne le connaît pas. Le commando numéro 1 ne sait pas qui sera le commando numéro 2. Il accomplit sa mission numéro 2 puis il contacte le numéro 3… Et ainsi de suite. C'est diaboliquement efficace, sans retour en arrière possible, sans aucune traçabilité, sans remords possible.
- Oui … En effet… Mais, si pour une raison ou une autre il fallait arrêter votre opération, comment faites-vous ? Il n'y a aucun moyen ?
- Dans l'absolu, à partir du moment où le commando est contacté, il n'existe plus aucun moyen de faire cesser l'opération. Il appartient au commando contacté, à lui et seulement lui, de décider s'il continue ou pas. Il peut

alors confier sa tâche à un ultime commando. Ce tiers commando dispose de la responsabilité alors, d'en terminer la mission.

– J'imagine que vous disposez de boîte à lettres ? Il faut bien qu'une personne relève les messages?
– Chacun dispose de sa boîte à lettres, elle n'est pas pour autant nominative, et nous sommes contraints d'y passer régulièrement. Chacun est informé d'une opération en cours, sans pour autant connaître le détail. Il sait ainsi qu'à tout moment il peut être sollicité.
– Astucieux…
– Sans pitié, Jean, sans pitié ni concession, lorsque la machine se met en route, les remords et les doutes n'ont plus leur place.
– Comment identifiez-vous vos futures proies, comment vous assurez-vous de ne pas commettre d'erreur ou « d'injustice », en admettant que vous acceptiez ces termes ?
– Nous disposons de moyens d'investigation assez performants. Et je vous rappelle que lors de la débâcle et leur précipitation, les Allemands nous ont laissés une montagne de renseignements, de fiches, de listes… Une immensité d'horreur. Vous n'imaginez pas les hautes personnalités, encore en fonction, concernées.
– Mais donc, ça veut dire que vous n'avez pas terminé votre tuerie ?
– Il existe une multitude de cellule, la nôtre ne s'occupait que de ces individus. Ensuite, elle sera dissoute, pour

renaître ailleurs, autrement, avec des méthodes d'exécution différentes.

- Je reste persuadé que malgré tout vous savez où se trouve le préfet… Je suis persuadé qu'il se trouvait sur la péniche lorsque nous y sommes venus hier soir.
- C'est en effet une possibilité, mon cher Jean.
- Se pourrait-il qu'il y soit à nouveau ? Après tout, rien de mieux qu'une planque déjà fouillée.
- À condition que nous soyons les auteurs de cet enlèvement, bien évidemment.

L'attitude du colonel agace l'inspecteur, et au moment de sa dernière question, il perçoit une attitude du divisionnaire, qui jetant un regard discret vers le colonel, se trouvait, presque mal à l'aise. Et si le préfet se trouvait encore sur la péniche ? Jean se lève, il va prendre congé de ces deux hommes dont il ne sait plus s'ils sont des héros anonymes ou des fous fanatiques, aussi dangereux que ceux qu'ils chassent et exécutent. Il prend conscience que la tâche est d'une ampleur telle qu'il est impossible de stopper le mécanisme. Qu'il arrête ces deux-là, et après ? De quelles preuves dispose-t-il ? Puis d'autres arriveront et prendront le relais. Sauf s'il parvient à retrouver le préfet avant, il doit en avoir le cœur net, il doit y aller tout de suite. Le colonel ainsi que le divisionnaire se lèvent à leur tour, Tarcot, fouille dans sa poche pour sortir son portefeuille. Le colonel lui met la main sur son bras pour l'empêcher de le ressortir. Surpris, Tarcot le défie du regard, le colonel amusé, lui dit simplement :

- Les amis se dispensent d'acquitter leurs dettes autrement.

Tarcot jette un regard vers le divisionnaire qui lui sourit gentiment, puis, derrière son comptoir, le barman lui adresse un simple salut de la main. Tarcot lui répond de la main. Le colonel et le divisionnaire se regardent, leur attitude dérange Tarcot, sont-ils menaçants, ou déçus ? Il hallucine, il ne sait plus trop où il en est, il a une vie à sauver, il sait qu'il n'y parviendra pas, leur organisation est trop bien conçue avec ses membres indépendants, mais il en connaît forcément plusieurs. La théorie du colonel ne tient pas. Alors qu'il s'éloigne de la brasserie, pensif, il refait le point, il connaît le colonel, le divisionnaire, probablement Gaillard, peut-être Paul, sans doute le barman, peut-être Jeanne et Simon. Pour une organisation secrète, où personne n'est censé se connaître, ça en fait du monde déjà. Ils viennent de le mener en bateau, une fois de plus pour l'éloigner de la vérité. Ou alors ne sont-ils que tous les deux, à s'être dévoilés à lui ? Il ne sait plus quoi en penser. À environ cinquante mètres devant lui, l'inspecteur Tarcot est attiré par une silhouette qui se tient debout, appuyée sur sa canne. C'est l'inspecteur Gaillard, qui semble ne pas le quitter des yeux. Tarcot le regarde, surpris, alors qu'il traverse la rue, un crissement de pneus suivi d'un coup de Klaxon retentissent juste derrière lui. Le choc est inévitable, Tarcot est projeté en avant, et termine son vol plané sur le trottoir. Médusés, les passants courent à son secours, quelqu'un le redresse, il précise qu'il est médecin, il va s'en occuper. Les gens s'attroupent autour de lui, il a besoin d'air de lumière. Tarcot est sonné, il ne comprend pas trop ce qui lui arrive. Il voudrait dire que tout va bien mais, c'est loin d'être le cas. Son bras lui fait un mal de chien, il a dû se casser dans la chute. Puis, le choc a été d'une force, mais quel idiot fait-il. Traverser la route sans regarder, quelle folie. Il lui semble reconnaître un visage se pencher au-dessus de lui, mais tout est flou et il n'entend plus vraiment les voix. Puis soudain tout est sombre, il faut, il doit se relever, il doit…

Il a froid, il grelotte, que vont-ils faire de lui, il a vraiment peur. Depuis combien de temps on le trimballe dans cette bagnole ? C'est une sorte de fourgonnette, ça ressemble à une ambulance. Cela aurait pu n'être qu'un avertissement, il avait compris, il avait changé depuis, il n'était plus le même, alors pourquoi continuer cette mascarade ? Il a mal, qu'est-ce qu'il peut avoir mal, les chocs qu'il a reçus se réveillent. Il avait l'impression d'être passé sous un char. Cette douleur au bras est insupportable, il a dû perdre connaissance, il ne se souvient plus de rien. Des bribes de souvenirs lui reviennent en tête. Des conversations avec des hommes, il y avait le divisionnaire, ce divisionnaire, comment s'appelait-il déjà ? Il a perdu la mémoire, il rouvre les yeux, regarde autour de lui. Il ne peut pas rester là, il doit se lever, mais aucun mouvement n'est possible, il est solidement lié au brancard. Est-ce pour l'empêcher de tomber ou le retenir prisonnier ? La voiture fourgon ralentit, au travers des vitres peintes, une faible lumière tente de rendre cette scène moins sinistre. La voiture s'arrête, le moteur est coupé. Quelqu'un ouvre une porte devant, une seconde porte s'ouvre. Il tente d'appeler, mais il se rend compte qu'il est bâillonné, il aurait dû les prendre au sérieux. Les deux portes arrière sont ouvertes, un air frais entre, il gémit plus fort. Est-il arrivé à l'hôpital ? Il fait encore nuit, malgré cette lumière blafarde, au loin, qui parvient à éclairer les trois visages qui se trouvent à l'arrière du véhicule. Ils ne lui sont pas inconnus, où les a-t-il vus ? Quelqu'un attrape l'arrière du brancard et le tire sans ménagement pour le faire coulisser à l'extérieur de la voiture. L'homme écarquille les yeux, rien ne ressemble à un hôpital ici, il y a des grands lampadaires. Le brancard roule rapidement sur le trottoir jusqu'à buter contre un mur. Il parvient à tourner la tête, ils sont sur un pont. Une voix de femme demande à ce qu'ils se dépêchent, l'homme continue de gémir, plus fort, quelqu'un lui crie :

– Ta gueule ! Ce qui a pour résultat de le faire gémir plus fort encore.

Quand, soudain, il reçoit un violent coup sur la tête, qui le fait taire immédiatement. Mais que lui veulent-ils ? Des mains s'activent autour de lui, il ne comprend pas ce qui se passe, il sent les liens se desserrer autour de lui. Ah, tant mieux, on est en train de le détacher, il se relâche doucement. Mais aucun mouvement n'est possible, son corps est libéré du brancard, car il réussit à soulever ses épaules et son bassin. Il tente de soulever ses jambes, il parvient à les monter mais, elles sont solidement fixées entre elles. Les bras sont collés au bassin, il a mal, si mal. Soudain un homme prévient de faire gaffe, une voiture avance vers eux. La voix dit alors de se rapprocher de l'ambulance. Ils font semblant de charger le brancard dans l'ambulance, mais une fois la voiture passée, il retourne au plus près du parapet. L'homme est effrayé, que veulent-ils faire, l'intimider ? Allez, c'est réussi, maintenant on rentre. Quelqu'un soulève le brancard au niveau de sa tête, l'ensemble prend alors appui sur le parapet, puis là, il voit l'horreur. Devant lui s'étend à perte de vue, les flots grondant et encore gris de la Seine. Son corps commence à glisser, attiré par le vide. Il ne va finir comme ça, pas lui, il n'a fait que son devoir. Ses cris redoublent de force, lorsqu'une main se plaque sur sa bouche et lui demande d'arrêter de crier, il va lui enlever le bâillon. L'homme fait oui de la tête, terrifié. Le bâillon est retiré, l'homme n'est pas doux, il tire dessus violemment. Il peut enfin respirer. Quelqu'un s'approche de son visage et lui dit doucement :

– Pour Lyson et notre fils… Toi tu vas en enfer, tu ne les verras pas.

Puis l'homme se recule légèrement, de l'autre côté du brancard deux personnes s'approchent, la jeune femme lui crache à la figure, le jeune homme se penche sur lui, et lui balance une série de prénoms et de noms qu'il ne connaît pas, jusqu'au moment où il entend « Zimberschtein ». Dans son regard effrayé, où soudain, tous ces noms lui reviennent en mémoire comme un véritable coup de poing, il voit de grands yeux le fixer et le traiter d'assassin, la jeune femme s'approche et dit qu'il faut en finir, le jour se lève. Alors le brancard est levé sur le parapet, puis il pivote sur le mur, il sent son corps glisser, il tente de se cambrer pour freiner sa chute, mais rien y fait, il glisse, il glisse, ses pieds sont dans le vide, ses jambes, il est horrifié, il ne voit plus que l'eau, sur le côté le soleil tente une percée. Il glisse, le brancard est soulevé encore, son corps bascule, c'est fini. Il ne sait pas encore qu'autour de son cou une corde est nouée, et de cette hauteur il sera tué sur le coup. Cette mort sera trop douce pour cette ordure. Il assiste, terrorisé et impuissant, à sa chute vers les eaux glaciales du fleuve, il hurle tant qu'il le peut. Ses pieds effleurent la surface de l'eau juste avant que la corde ne bloque brutalement sa dégringolade vers l'enfer. Paul, Simon et Jeanne se penchent, au moment où la corde est tendue impitoyablement, l'homme n'a même pas le temps de bouger un orteil, mort sur le coup. Désormais, son corps inerte balance dans le vide, entre les arches du pont, comme un pantin oublié, accroché à un clou. Sans un mot ni un regard l'un envers l'autre, ils remballent le brancard dans l'ambulance. Ce dernier acte laisse comme un goût amer dans la gorge de chacun des trois. Cette exécution suffira-t-elle à noyer leur peine qui leur interdit toute joie ? Leur permettra-t-elle de faire le deuil de leurs morts ? Aucun n'en est véritablement convaincu, mais il fallait le faire, il fallait supprimer cette ordure. Il faut se tailler d'ici, au loin, sur les quais, il y a des personnes, qui ne tarderont pas à voir que quelqu'un se balance au bout d'une corde et fait de l'œil au Zouave du pont de l'Alma. La voiture disparaît à la sortie du pont, il faudra s'en débarrasser en y mettant le feu. Paul va devoir rejoindre sa péniche par ses propres moyens, dans une voiture volée. La péniche est partie depuis hier après-midi. Les bateliers pourront toujours affirmer l'avoir vu sur sa péniche, quitter les quais pour rejoindre le Havre. Quant aux deux jeunes Zimberschtein, ils sont partis dans la campagne Picarde, où de nombreux amis pourront témoigner les y avoir vus la veille au soir.

Des bruits au loin le sortent doucement de sa léthargie ? Une lumière blanchâtre traverse ses paupières, alors il ouvre un œil, où est-il, que fait-il là ? Il ne se souvient de rien. Tout son côté droit est endolori, des bruits de chariots le font se retourner. Il est couché dans un lit, il doit être à l'hôpital ! Son bras est lourd, il tente de regarder en penchant sa tête, son cou est horriblement douloureux, comme si on l'avait frappé. Une voix forte et nasillarde l'accueille en guise de douceur.

– Ah ben ça y est, on s'réveille ? Gisèle va cherchez le docteur, y'a not' p'tit inspecteur qu'a ouvert un œil… Tenez ma belle voilà vot' p'tit-déjeuner, et z'avez-vu, j'vous ai apporté d'la compagnie… Ils sont plutôt mignons maintenant dans la police. J'vais changer d'boulot, moi si ça continue… Comme il paraît que vous êtes du même service, on vous a mis ensemble… Il ne faudrait pas en profiter hein, attention je vous tiens à l'œil ?

L'inspecteur Tarcot fronce les yeux, cette femme a une voix de crécelle, et son rire lui transperce la tête. Il se penche sur le côté, et quelqu'un est couché dans un lit à côté, il tente de distinguer le visage qui le regarde et semble lui sourire.

– Bougez pas mon mignon j'm'en vais vous redresser un peu… Vous s'rez mieux, puis j'vais vous chercher de quoi manger un peu… C'est qu'vous devez avoir faim… Mais avec un bras et une jambe en moins ça va être compliqué… On va vous aider, n'vous inquiétez pas…

L'infirmière s'éloigne, puis ressort de la chambre, enfin un peu de calme. Alors il se retourne vers la personne couchée, Marie le regarde, elle a tout le côté de l'épaule enveloppé dans un énorme bandage, elle semble blanche et faible. Tarcot la dévisage, puis lui adresse un sourire un peu maladroit.

– Bonjour, lui adresse-t-il… Bah nous voilà dans d'beaux draps… Comment tu te sens ?
– Bonjour, répond Marie, je dois vous dire que j'ai connu mieux…
– Tu … Marie je t'en prie… On se tutoie si tu le veux bien…
– Oui, oui, c'est vrai on se tutoie, c'est que, ce n'est pas dans mes habitudes, mais je vais faire attention… Que t'est-il arrivé ?
– Alors je dois te dire, que je n'en sais trop rien… Je ne me souviens pas de grand-chose. Je crois que je me suis fait renverser par une voiture… Enfin je crois… Et puis plus rien… Le trou noir…
– Eh bien, on fait une belle équipe…

Tarcot lui sourit gentiment tout en essayant de se remettre correctement en s'adossant à son oreiller. Là, il découvre, que sa jambe est d'une lourdeur incroyable. Il soulève le drap, il est plâtré du mollet jusqu'à la hanche. Il tente d'examiner l'étendue des dégâts, tout son côté commence à prendre une couleur, tirant entre le violet et le marron. Marie l'interroge sur le Préfet, sait-il où il avait été hospitalisé ? Il fallait certainement le faire surveiller. Par bribes de souvenirs, Tarcot remet en place les évènements de la veille. Tout lui revient, la séquestration, le coup de feu, la blessure de Marie, l'enlèvement du préfet, puis sa rencontre « fortuite » avec le divisionnaire et le colonel. La conversation lui revient par écho. Marie le sort de ses réflexions en lui demandant s'il allait bien. Il réalise qu'elle lui parle mais il ne l'entend pas vraiment, sa voix impatiente le rappelle à l'ordre. L'inspecteur lui fait un récit détaillé de la journée, à partir de l'enlèvement du préfet, jusqu'aux révélations du colonel et de leur divisionnaire. Marie est silencieuse, puis à la fin des explications, elle l'interroge sur les méthodes de contact des uns avec les autres. Il doit bien y avoir quelqu'un qui tire les ficelles. Il y a forcément une personne qui centralise, recrute, gère les équipes. Malgré leur organisation secrète et presque intime, rien ne pourrait se faire sans l'intervention d'au moins un individu servant de liant, de maillon entre tous, même si eux ne se connaissent pas. Tarcot la regarde, son esprit clair la mènera sans doute vers des pistes, mais leur fonctionnement semble tellement bien ficelé, qu'il ne voit plus vraiment comment il pourrait trouver d'issue. À moins qu'ils ne réussissent à retrouver le préfet avant qu'il ne soit trop tard. La porte de la chambre s'ouvre, un chariot roulant entre, poussé par l'infirmière à la voix perçante.

- Tiens mon biquet, voilà un p'tit-déj pour vous requinquer… Ça vous f'ra du bien… J'vous ai mis double part, vous en avez besoin, le médecin pass'ra vous voir dans quelques minutes… Ah, j'oubliais un ami à vous a laissé cette lettre pour vous, inspecteur.

Elle brandit une lettre, qu'elle vient de sortir de sa poche et la dépose sur son plateau. L'infirmière repart aussitôt, non sans faire un clin d'œil à Marie, laissant entendre que l'inspecteur était mignon. Tarcot regarde son plateau, un fruit, un bol de café, deux tartines de pain beurré et une petite soucoupe de confiture. Marie se moque de lui, en lui précisant qu'il est sûrement le chouchou de l'étage, au regard du copieux petit-déjeuner qu'il a sur son plateau. La porte de chambre s'ouvre soudainement à toute volée, le brigadier-chef Lancel entre en trombe, accompagné de l'inspecteur Dénot du 36. Tarcot manque de renverser son bol de café, surpris par cette entrée fracassante. Mais alors qu'il s'apprête à lui lancer une blague, sur l'état dans lequel il va lui rendre le brigadier Dutertre, il lit dans son regard de la stupeur, qui montre que ce qu'on va lui annoncer, n'a rien de comique. L'inspecteur Dénot prend la parole et lui annonce sans ménagement que le préfet a été retrouvé pendu sous le pont de l'Alma. Des passants ont remarqué des gens, penchés au-dessus du parapet, il y avait une ambulance garée à côté. Ils n'y ont pas prêté plus d'attention que ça, mais en s'approchant du bord, ils ont remarqué qu'une corde était fixée sur le parapet de pierre. En suivant du regard la corde, ils ont vu la silhouette du type qui se balançait. L'ambulance était partie, bien avant qu'ils ne traversent le pont et n'arrivent sur les lieux. Tarcot regarde Marie, et se dit que la boucle est bouclée. Le brigadier-chef s'approche de Dutertre et lui adresse un mot sympathique de réconfort. Puis il se retourne vers l'inspecteur Tarcot, en se moquant de lui, en affirmant que si c'était pour jouer au tir aux pigeons avec ses brigadiers, il y réfléchirait à deux fois avant de lui en confier de nouveaux. Toutefois, il avait bien un nom ou deux à lui refourguer, par contre ceux-là, il ne fallait pas les rater. Tarcot lui sourit, pensif, il espérait tout au fond de lui, que le colonel ou le divisionnaire, auraient trouvé le moyen de stopper ce massacre. L'inspecteur Dénot affirme que Gaillard est introuvable depuis la veille. Dans la mesure où, Tarcot et Dutertre sont sur la touche tous les deux, l'enquête doit se poursuivre. Dénot informe Tarcot que le divisionnaire vient de lui confier l'enquête et qu'il lui fallait l'ensemble du dossier. Tarcot lui précise que tout est dans son bureau. Il lui demande de fouiller dans sa poche de veste, qui doit se trouver dans la petite armoire. Depuis l'arrivée des policiers, il a dans sa main, l'enveloppe reçue d'un « ami » qu'il tapote du bout des doigts. L'inspecteur récupère la clé du bureau, Tarcot précise qu'une partie du dossier a été dérobée, et précise que le commissaire est sans aucun doute responsable de cette disparition. L'inspecteur dévisage Tarcot, en l'interrogeant du regard. Alors qu'il commence à lui dresser un bref résumé de la situation, en prenant soin de ne citer ni le divisionnaire ni le colonel, un médecin fait irruption dans la chambre.

- Oula, dit-il, il n'est pas question qu'ici ça se transforme en annexe du 36, vous allez me faire le plaisir de quitter cette chambre et de laisser tranquille ces deux personnes, messieurs, s'il vous plaît.
- On comprend, Docteur, on comprend, on voulait juste prendre de leurs nouvelles… Et en profiter pour…
- Vous devrez attendre pour profiter de quoi que ce soit messieurs, vous êtes en présence d'une jeune femme qui a pris une balle d'arme de guerre dans l'épaule, qui a perdu beaucoup de sang et qui a besoin de beaucoup de calme et de repos. Quant à ce jeune homme, il a voulu faire de la tauromachie avec une voiture, il a perdu la partie… En se faisant un coma de douze heures. Je pense que lui aussi a besoin de repos.
- Bien, bien, nous n'insistons pas docteur, nous repasserons plus tard…

– Pas avant demain messieurs, merci.

Les deux hommes saluent le brigadier et Tarcot, puis quittent la chambre avec en prime, un dossier quasiment vide, quatre meurtres non élucidés et sans aucun doute, une nouvelle victime, qui venait d'être décrochée du pont et attendait chez le légiste pour y être autopsiée.

Le médecin commence par Marie en examinant son pansement, il appelle une infirmière et lui demande de le refaire en prenant soin de bien examiner les points de sutures. Il lui prend la tension, puis satisfait, il la rassure en lui affirmant qu'après un long repos, elle sera sur pieds et ce ne sera qu'un mauvais souvenir. Puis il se retourne vers Tarcot, le voyant soucieux, avec une lettre dans les mains, le docteur commence à monter le ton, en espérant que ce qu'il tient en mains n'est pas en rapport avec le travail. Tarcot affirme que non, cela provient d'un ami. Marie le regarde, elle a deviné que cette lettre ne peut être autre chose que l'aveu du dernier crime. Le docteur pose quelques questions à l'inspecteur, sur son ressenti, ses douleurs, des sensations de nausée. Il lui assure qu'il s'en tirait à bon compte, car au regard du choc qu'il a reçu, au mieux il devrait être tétraplégique. Il s'en sort plutôt bien, avec seulement des contusions sur le corps, un bras et une guibole fracturés. Puis, une fois le bilan réalisé, il salue les patients et quitte la chambre, non sans leur recommander le plus grand repos.

Marie fixe l'inspecteur, puis lui demande s'il pensait qu'il pouvait s'agir seulement d'un accident ? Voyant qu'il venait de refuser de coopérer et d'adhérer à leur groupe, l'organisation aurait très bien pu décider de l'éliminer. Il en savait désormais beaucoup trop, sur leurs méthodes, leurs façons de recruter, de communiquer et connaissait finalement beaucoup de noms. Tarcot y repense, mais se dit que bien qu'ils assassinent des personnes, ces gens prétendent rendre la justice en exécutant des tortionnaires. Mais en aucun cas, ils ne se considèrent comme des assassins. Donc, en théorie, il ne risquait rien. Puis, malgré une conversation forte en révélations, il ne disposait d'aucune preuve. S'il voulait porter cette affaire plus haut, vers qui pouvait-il se tourner, en qui pouvait-il avoir confiance ? Marie se range de son côté en étant malgré tout sceptique sur son avis. Pour sauver leur organisation et leur permettre de continuer d'agir en toute impunité, ils devaient forcément faire taire les témoins par n'importe quels moyens. Marie l'interroge, avait-il l'intention d'ouvrir ce courrier maintenant ? Tarcot lui affirme qu'il n'a rien de mieux à faire dans l'immédiat. Il avoue qu'un café en terrasse serait le bienvenu, mais il faudrait se contenter de ce café froid. Il saisit l'angle de la lettre puis la déchire. Il introduit son index, puis le fait coulisser comme une lame et ouvre grossièrement le haut de l'enveloppe. Il en sort une photo et un courrier. Il regarde la photo, elle a sans doute été prise lors d'un pique-nique en bord de rivière, peut-être la Marne, car il croit identifier l'un des ponts de Nogent. En regardant de plus près la photo, il reconnaît la guinguette sur le côté. C'est celle où ils allaient en famille parfois, déjeuner le dimanche, quand il était gamin. Ses parents adoraient y danser, même si son père était un piètre cavalier, sa mère réussissait toujours à faire que leur duo fut merveilleux à regarder. Sur le cliché un peu jauni, les gens ont l'air très heureux, ils sourient tous, non, ils semblent même éclater de rire. Il y a ses parents, au beau milieu. Son père a mis un bras autour de la taille de sa mère, qu'elle était belle dans cette robe liberty. Sa mère a sa main sur l'épaule d'une jeune femme à la chevelure brune ravissante, qui la regarde. Elle tient la main d'un homme, un vrai colosse, c'est Paul. La femme est sans doute Lyson, quel gâchis, se dit Tarcot, quelle tristesse. Juste à côté de Paul se trouve un autre homme que Tarcot ne connaît pas. Puis, il y a le colonel. De l'autre côté du père de Tarcot, il y a un autre type, il a une vraie bouille de clown, il ressemble vaguement au divisionnaire, ce doit être son frère. À côté de ce gars, le type ressemble à quelqu'un, mais à qui lui fait-il penser ? Le patron du bar, c'est le patron du bar, qui l'avait servi la veille. Ainsi donc, ils se connaissaient tous, comme quoi la théorie de « personne ne connaît personne » ne tenait plus. Mais qui pouvait prendre la photo ? Le type qu'il ne connaissait pas, qui se tient juste à côté de Paul, semble montrer du doigt dans la direction de l'objectif, ou peut-être interpelle-t-il le photographe ? Qui peut-il bien être ? Marie le sort de ses réflexions en lui demandant si cela a un rapport avec l'affaire. Tarcot lui répond qu'il y a de fortes probabilités, il lui montre la photo et tente de lui transmettre. Leurs lits ne sont pourtant pas très éloignés l'un de l'autre, mais leur invalidité interdit de nombreux mouvements. Alors, dans une grimace à peine dissimulée, Marie se lève lentement pour s'approcher de l'inspecteur. Tarcot se pousse sur le côté péniblement, pour permettre à la jeune femme de s'asseoir sur le rebord du lit. Elle est prise soudain d'un fou-rire, Tarcot la regarde perplexe, sans rien comprendre. Entre deux éclats de rire, elle lui explique, que ce n'est que la situation où ils se retrouvent cassés, tous les deux, dans cette chambre. Tarcot sourit, puis finalement se met à rire aussi. Il est vrai que, pour l'un comme pour l'autre, cela aurait pu être fatal. Ils s'en tirent à bon compte, il valait mieux en rire. L'infirmière à la voix de crécelle entre dans la chambre pour voir si tout va bien. Lorsqu'elle voit le jeune brigadier assis hors de son lit, elle pique une colère. Sans aucune méchanceté, le ton employé serait plutôt celui d'une maman protectrice. Elle renvoie vite fait bien fait Marie s'allonger, en lui prodiguant les plus grandes recommandations, sur les risques qu'elle encourait, si elle se levait à nouveau trop tôt. En « patiente » disciplinée, Marie retourne se coucher, Tarcot en profite pour la tacler, en précisant à l'infirmière que cette jeune femme n'était vraiment pas sérieuse. Marie lui lance un regard noir, qui surprend un instant l'inspecteur. L'infirmière quitte la chambre, Marie examine la photo, Tarcot décrit la photo qu'elle a sous les yeux. Marie découvre les parents de l'inspecteur et le petit groupe figé, l'instant d'une pose. Marie demande tout haut s'il sait qui a bien pu prendre cette photo ? Tarcot dit que non, il n'en a pas la moindre idée, quand Marie lance un juron qui emplit la chambre et fait sursauter Tarcot. Le sursaut provoque une décharge électrique dans tout le corps de l'inspecteur. Elle sait qui se trouve derrière l'appareil photo. Tarcot l'interroge du regard et voyant qu'elle tarde à lui donner la réponse il la presse de le lui dire. Elle le fait bisquer un peu, en précisant que le gars qui semble désigner l'objectif brandit un objet dans sa main, c'est une canne. Une canne avec une tête de dragon.

Tarcot déplie le courrier joint à la lettre. À première vue, il semble que ce soit le même auteur que celui qui a écrit la lettre lue la veille. Le courrier ne comporte ni date ni signature ; en introduction, il n'y a qu'un simple :

– Cher Inspecteur.

Puis commence ainsi :

– L'Homme *est* celui qu'il protège. Le résultat de votre travail, n'aura eu d'égal que la noblesse par laquelle vous avez choisi d'agir, en restant à la place qui est la vôtre et en demeurant au service des Hommes. Malgré le manque de résultat, qui n'est pas de votre fait, mais bien de notre volonté, à tout mettre en œuvre pour vous interdire toute progression, vous avez su garder ce cap et accepter notre détermination.

Tarcot sait qu'il se trompe, en aucun cas il n'a accepté de les laisser aller jusqu'au bout de cette entreprise machiavélique. Il repense à sa conversation de la veille, où il avait senti qu'il touchait au but, et s'il n'y avait pas eu cet accident, il aurait sans doute pu sauver le préfet. L'inspecteur fait part de sa réflexion à Marie, qui trouve étrange qu'avoir probablement séquestré le préfet sur cette péniche, il y ait été ramené en attendant son exécution. Tarcot lui explique que justement, eux, avaient utilisé à nouveau ce lieu, pratique et à proximité, imaginant que l'on n'y retournerait pas de sitôt. L'idée était risquée mais pertinente. Marie demande à Tarcot si, au moment de l'accident, c'est lui qui avait traversé sans regarder, ou n'était-ce pas plutôt la voiture qui l'avait percuté volontairement ? Tarcot baisse son bras tenant la feuille, puis la pose sur la couverture. Il regarde Marie presque effrayé par ce qu'elle vient de dire. Mais il croit le déroulement de l'accident plausible. Il se souvient avoir juste eu le temps de poser le pied sur la chaussée qu'il se faisait renverser par la voiture. Gaillard, à l'autre bout de la rue, avait fait un signe, mais à qui ? À lui ? Au chauffeur de la voiture ? Il reprend sa lecture, déconcerté par cette hypothèse.

– Nous n'avions pas le choix et vous laisser progresser ainsi aurait mis en péril notre mission. Vous touchiez au but. Croyez-moi, je vous apprécie, je vous sais aussi pugnace que vos parents, que j'ai aimés et respectés. Pendant cette guerre, ils ont su prendre des décisions qui pouvaient les mettre en danger. Lorsque cela n'était plus possible, ils ont dû se séparer définitivement de compatriotes, qu'ils savaient perdus. La survie du réseau dépendait de cette lourde responsabilité. Je leur dois la vie, et je sais de quoi je parle en termes de sacrifices. Alors aujourd'hui, nous ne faisons que continuer cet horrible ménage. L'exécution de ces ordures n'est que la face visible de l'iceberg, mon cher Jean. Alors, lorsqu'à deux reprises, vous avez été sur le point de tout faire échouer, en délogeant notre dernière victime, nous ne pouvions pas vous laisser continuer. Il fallait vous stopper. La méthode, prise dans l'urgence ne fut pas la meilleure, ni la moins douloureuse pour vous, je le conçois. Nous avions pris les mesures pour qu'un médecin soit là au bon moment.

Tout en lisant ces dernières phrases, Tarcot a des sueurs froides. Il sent une bouffée de chaleur l'envahir, il ne se sent vraiment pas bien. Marie avait donc raison, il semble que l'accident dont il venait d'être victime, n'était pas un accident, mais une véritable tentative, pour l'empêcher d'aller voir la péniche de plus près. Voulaient-ils le tuer, peut-être pas, puisque, soi-disant un médecin était dans le secteur. Comment pouvaient-ils être certains de ne pas le tuer ? Il ne connaissait pas de sciences exactes en matière d'accident de la route. Ils avaient pris néanmoins la décision d'accepter ce risque, le risque de le tuer. Marie se rend bien compte que quelque chose ne va pas. Il n'entend pas Marie qui le questionne, il finit par sortir de sa réflexion lorsqu'elle lui lance quelques gouttes d'eau qu'elle prend du bout des doigts dans son verre. Il se secoue, surpris, sort de sa torpeur, puis il lui explique ce qu'il vient de lire, et lui confirme que son hypothèse est sans aucun doute véridique. Puis, il reprend sa lecture, avec un goût amer dans la bouche.

– Lorsque je vous parlais de sacrifices, vous comprenez désormais ce que nous avons dû entreprendre, à contrecœur, en acceptant cette décision, tout en sachant que l'on vous ferait prendre des risques démesurés. Durant cette guerre, tous ceux que vous pouvez voir, sur le cliché que j'ai glissé dans cette ultime enveloppe, ont eu à prendre ce genre de décision, sachant que pour sauver notre réseau, ou parfois la vie de personnes que l'on ne connaissait pas, ils feraient courir ces risques parmi les leurs. D'autres ont donné leurs vies pour nous, comme vos parents. Comprenez-bien que, ce qui nous fait agir ainsi, n'est en rien du fanatisme, comprenez que le sacrifice est un acte noble. Ces hommes, que vous avez cherché à sauver, n'ont aucun rapport avec l'Homme. Ont-ils cédé par cupidité, par faiblesse, par lâcheté ? Il faut savoir tirer parti de la vie pour la rendre meilleure, mais en aucune manière être complice de la folie des hommes. Cela, nous ne le pardonnerons jamais. Vos parents m'ont chargé de veiller sur vous. Je manque à mon devoir en ayant attenté à votre vie. Je ne cherche en aucun cas à me disculper de cet acte ; sachez que si la situation avait été différente, me concernant, les membres de notre réseau n'aurait pas hésité à commettre ce même acte sur ma personne. Si vous êtes observateur, vous saurez bien vite qui je suis, les images parfois, en disent bien plus long que ce qu'elles veulent bien vous montrer. On ne voit en général que ce que l'on veut bien voir.

Tarcot repense à la fameuse canne à tête de Dragon. Il demande à Marie si elle peut lui envoyer. Elle écoute dans le couloir, mais aucun bruit ne trahit la présence de l'infirmière, Marie l'entend parler, mais elle semble loin à l'autre bout du couloir. Alors elle se relève doucement, puis lui apporte la photo. Tarcot se sent ridicule, pour se donner bonne conscience, il tente de se lever un peu, mais le poids du plâtre sur son bras et sa jambe le bloque littéralement. Marie lui fait signe de ne pas bouger, elle arrive. Il saisit la photo puis l'observe plus près, il n'avait pas remarqué ce détail, Marie avait raison, encore une fois, se dit-il. Mais cette fois, il en fait part à Marie, qui lui adresse un léger sourire. Du bruit dans le couloir alerte Marie, elle se précipite jusqu'à son lit et se vautre sous son drap. Au moment où le drap se repose sur elle, la porte s'ouvre sur l'infirmière qui vient prendre des nouvelles de ses chéris. Elle le dit si fort, que l'inspecteur Tarcot fronce les sourcils en plissant les yeux. Elle disparaît aussi vite qu'elle est apparue. La porte refermée, Tarcot examine la photo avec plus d'attention. L'homme indiquant, semble-t-il, le photographe, tient dans sa main une canne, la canne de Lucien Gaillard. Donc l'homme manquant sur la photo, ne peut être que Gaillard. La coïncidence de connaître deux personnes ayant une canne avec cette tête de dragon est trop infime pour imaginer qu'il puisse s'agir d'une autre personne. Ainsi, le gars tenant la canne, doit être le frère de Gaillard. Gaillard faisait donc partie du même réseau que celui de ses parents. Ils travaillaient chaque jour ensemble, ils passaient des heures à bosser côte à côte, sans qu'aucun mot n'ait été prononcé sur ses parents ni avoir fait une quelconque allusion sur leur connaissance. Il reprend sa lecture.

– Vous comprendrez que je ne divulguerai pas mon identité, il y va de ma survie, ainsi que de celle des membres de notre réseau. N'allez pas imaginer un instant que la guerre soit terminée. Elle est sans aucun doute plus sournoise, plus compliquée. Hier, nous connaissions notre ennemi, même s'il utilisait des stratagèmes incitant à ce que les nôtres nous trahissent, aujourd'hui, nous ne pouvons avoir confiance en personne. Car ceux qui œuvraient pour l'ennemi hier, ne le faisaient pas tous à visage ouvert. Jean, votre mission s'est achevée ce matin avec la mort de ce dernier salopard. Je ne me permettrais en aucun cas de dicter votre conduite, et encore moins de dire quoi faire. Donc l'enquête s'achèvera si vous le jugez nécessaire. Vous aviez raison de dire que nous ne devions pas nous faire justice. À vouloir continuer, vous y perdriez du temps. Vous ne disposez d'aucune preuve, d'aucun lien. Vos questionnements ne feraient qu'aboutir à un non-sens. Notre réseau vous a laissé un choix, celui d'agir en votre âme et conscience et qu'un jour vous puissiez venir en aide à Lyson et son fils, à vos parents, aux nôtres, à tous ceux tombés par trahison, sacrifiés à la torture, assassinés par intolérance, fanatisme, pour leur croyance, leur différence, leur attirance, leur liberté, leur art. Faites le bon choix, ne vous trompez pas d'ennemi, je vous crois fidèle à vos engagements comme je le suis, mais parfois, confronté à l'absurdité de l'être humain, il faut savoir se résoudre à faire des concessions qui ne feront que vous grandir.

Tarcot replie le courrier, complètement chamboulé, agacé de ne pouvoir aller au terme de cette enquête, et à la fois tiraillé, par ce désir de ne pas « trahir » la mémoire de toutes ces personnes disparues, assassinées. Avait-il le droit de laisser tomber toutes ces personnes, dont ses propres parents qui avaient sacrifié leur vie pour en sauver d'autres ? Dépositaire de ce lourd héritage, celui par qui, d'une certaine façon, il était permis d'accomplir une mission, qui n'en restait pas moins à ses yeux, une série de meurtres. Il a besoin d'en parler, peut-il faire confiance à Marie, comprendra-t-elle son choix, s'il décidait là, de tout laisser tomber ? Mais alors, que deviendrait sa crédibilité, simplement vis-à-vis de lui-même ? Pourra-t-il se regarder dans un miroir, et rester droit dans ses bottes, sachant qu'il a laissé partir délibérément des assassins ? Sans clarifier sa pensée sur ce sujet, il aborde le contenu du dossier avec Marie. De quoi disposaient-ils comme pièces, avant d'être « accidentellement écarté de l'enquête » ? Ils font le point ensemble, tâchant de ne rien omettre. Seule l'audition des personnes pourrait être retenue comme preuve de liens des uns avec les autres. À part le frère et la sœur, qui ont assisté aux enterrements, rien ne relie rien à personne, mis à part les personnes assassinées. Elles seules, peuvent être réunies autour d'un point commun qui n'était autre que leurs agissements de collaboration et de trahisons durant la guerre. Quant aux « membres » du réseau, à part une photo de copains autour d'un pique-nique, de quelle preuve pouvait-on parler et brandir devant un juge ? AUCUNE ! Quelles étaient les chances, des deux nouveaux inspecteurs, chargés de l'enquête, d'aboutir à quoi que ce soit ? AUCUNE ! En aucun cas, le nom du colonel, ni ceux du divisionnaire et de Gaillard n'apparaissait. Pourquoi et sous quel prétexte pourraient-ils les entendre ou seulement soupçonner quoi que ce soit ? Seul, le nom du commissaire allait être étalé au grand jour, avant même qu'il ne s'en rende compte, il serait radié des effectifs de la police, probablement même arrêté. Marie était démunie d'argument. Elle avait beau énoncer les faits et les hypothèses, mais rien n'étayait les arguments, qu'eux seuls pouvaient avoir imaginés. Tarcot décide alors d'avancer son ultime pion. Laisser tomber la piste du colonel et du divisionnaire. Quant à Gaillard, vraisemblablement le Grand patron du réseau, il avait pris soin de n'être ni sur une seule photo, ni visible à aucun rendez-vous. Se sentait-elle suffisamment en paix avec sa conscience pour laisser tomber la piste de ces trois personnes ? Aurait-elle la force de continuer ensuite à mener des enquêtes de police avec ça sur la conscience ? Plus rapidement qu'elle ne l'aurait voulu, Marie répond que oui. Mais au fond d'elle, elle sait que la veille au matin, face au préfet, attaché comme un vulgaire rôti, elle avait hésité quelques instants, tout comme Tarcot d'ailleurs, à exécuter elle-même ce salopard. Oui, elle avait juré de faire respecter la loi, d'honorer les engagements de la République et de les défendre coûte que coûte, sans défaillir ni douter. Au fond de sa tête, malgré son état de convalescence précaire, elle garde l'esprit serein et clair. Elle ne trahira pas ces hommes, et encore moins ceux qui se sont battus avec honneur pour sauver des vies. Dans son regard, une détermination noyée dans une tristesse absolue impossible à taire, Marie tente un sourire à l'inspecteur.

Tarcot la regarde, puis lui sourit en se forçant à ne pas laisser paraître son trouble. S'il n'était pas cloué au lit il se lèverait pour la rassurer, lui caresser la joue, la remercier, et qui sait, peut-être même l'embrasser. Son désir se lit sur ses yeux comme sur l'expression de son visage, Marie le comprend, se cale dans son oreiller, se ravise, puis décide de se lever et de le rejoindre.

Imprimé sur papier **Clairefontaine** fabriqué dans les Vosges.

Achevé d'imprimer sur les presses de l'imprimerie
Centre Littéraire d'Impression Provençal
*www.imprimerieclip.fr*
*contact@imprimerieclip.fr*